Bianca

D1545549

EL AMOR NUNCA DUERME

CAROLE MORTIMER

Editado por Harlequin Ibérica.
Una división de HarperCollins Ibérica, S.A.
Núñez de Balboa, 56
28001 Madrid

© 2017 Carole Mortimer
© 2018 Harlequin Ibérica, una división de HarperCollins Ibérica, S.A.
El amor nunca duerme, n.º 2631 - 27.6.18
Título original: At the Ruthless Billionaire's Command
Publicada originalmente por Mills & Boon®, Ltd., Londres.

I.S.B.N.: 978-84-9188-083-7
Depósito legal: M-10888-2018
Impresión en CPI (Barcelona)
Fecha impresion para Argentina: 24.12.18
Distribuidor exclusivo para España: LOGISTA
Distribuidor para México: Distibuidora Intermex, S.A. de C.V.
Distribuidores para Argentina: Interior, DGP, S.A. Alvarado 2118.
Cap. Fed./Buenos Aires y Gran Buenos Aires, VACCARO HNOS.

Prólogo

QUÉ HACE él aquí? –Lia fue incapaz de apartar la mirada del hombre que se hallaba al otro lado de la tumba abierta en la que no iban a tardar en introducir el ataúd de su padre.

–¿Quién...? Oh, no....

Lia ignoró el intento de su amiga por retenerla y se encaminó hacia el hombre moreno cuya peligrosa imagen había consumido sus días e invadido sus noches de pesadillas durante las dos semanas anteriores.

–No... Lia...

Lia ignoró a Cathy y avanzó hasta detenerse ante Gregorio de la Cruz. El mayor de los hermanos Cruz era un hombre alto, de aproximadamente un metro noventa. Era evidente que su pelo negro, ligeramente largo, había sido peinado por un peluquero. De complexión morena, su rostro era atractivo como el de un conquistador.

Pero Lia también sabía que era tan frío y despiadado como uno de ellos.

Era el implacable director del billonario imperio empresarial de la familia Cruz, un imperio que aquel hombre había erigido para sí mismo y para sus hermanos a lo largo de doce años a base de pura voluntad.

Y también era el hombre responsable de haber llevado al padre de Lia a tal estado de desesperación que había acabado sufriendo un mortal ataque al corazón hacía dos semanas.

El hombre al que Lia odiaba con cada célula de su ser.

—¿Cómo se atreve a venir aquí? —espetó.

Gregorio de la Cruz la miró con los ojos entrecerrados, unos ojos tan negros y carentes de alma como su corazón.

—Señorita Fairbanks...

—He preguntado que cómo se atreve a venir aquí —siseó Lia a la vez que apretaba los puños a sus lados con tal fuerza que sintió las uñas clavándose en las palmas de sus manos.

—Este no es el momento...

Las palabras de Gregorio, matizadas por un ligero acento, fueron interrumpidas por la vigorosa bofetada que Lia le propinó en la mejilla.

—¡No! —Gregorio alzó una mano para detener a dos fornidos hombres vestidos de negro que estaban a sus espaldas y parecían dispuestos a entrar en acción en respuesta a aquel ataque—. Esta es la segunda vez que me abofetea, Amelia. No pienso permitir que suceda una tercera vez.

¿La segunda vez?

Oh, cielos, era cierto. El padre de Lia los había presentado hacia dos meses en un restaurante. Ambos estaban comiendo con un numeroso grupo de gente, pero Lia solo había sido consciente de la penetrante mirada de Gregorio de la Cruz, mirada que apenas había apartado de ella después de las presentaciones. A pesar de todo se vio sorprendida cuando, al salir del servicio, lo encontró esperándola en el vestíbulo. Y se sorprendió aún más cuando Gregorio le dijo cuánto la deseaba antes de besarla.

Y aquel fue el motivo por el que lo abofeteó la primera vez.

En aquella época estaba comprometida y tanto ella como su prometido habían sido presentados a Gregorio antes de la comida, de manera que el comportamiento de este había estado totalmente fuera de lugar.

—A su padre no le habría gustado esto —dijo Gregorio en voz baja, con la evidente intención de que los demás asistentes al entierro no escucharan sus palabras.

Los ojos de Lia destellaron de rabia.

—¿Cómo puede saber lo que le habría gustado o no a mi padre si no sabía nada de él? ¡Excepto que está muerto, por supuesto! —añadió con vehemencia.

—Como ya le he dicho, no creo que este sea el momento adecuado para hablar de esto. Volveremos a hablar cuando esté más calmada.

—En lo que a usted se refiere, eso no va a suceder nunca —aseguró Lia con aspereza.

Gregorio reprimió la respuesta que tenía en la punta de la lengua, consciente de que la agresión de Amelia Fairbanks se había debido a la intensidad de su dolor por la pérdida de su padre, un hombre que siempre le había gustado y al que siempre había respetado, aunque dudaba que la hija de Jacob llegara a creerlo.

La prensa se había visto invadida de fotos de Lia

desde la muerte de su padre, pero Gregorio la había conocido antes de aquello, la había deseado, y sabía que ninguna de aquellas imágenes le hacía justicia.

Su melena no era simplemente pelirroja, sino que estaba matizada por destellos dorados y color canela. Sus grandes ojos, de un profundo e intenso gris, tenían un círculo negro en torno al iris. Estaba comprensiblemente pálida, pero aquella palidez no mermaba en lo más mínimo el magnífico efecto de sus altos pómulos, de la suavidad de magnolia de su piel. Unas largas y oscuras pestañas enmarcaban aquellos hipnóticos ojos. Su nariz era pequeña y respingona, y sus carnosos labios formaban un arco perfecto sobre una resuelta y deliciosa barbilla.

Aunque esbelta, no era alta, y el vestido negro que llevaba parecía colgarle ligeramente, como si hubiera perdido peso recientemente.

A pesar de todo, Amelia Fairbanks era una mujer increíblemente bella y sensual.

Pero, teniendo en cuenta las circunstancias, el deseo que despertaba en él el mero hecho de mirarla resultaba completamente inapropiado.

—Hablaremos de nuevo, señorita Fairbanks —replicó con una firmeza que no admitía discusiones.

—Lo dudo mucho —dijo Lia con evidente desdén.

Pero volverían a verse. Gregorio se aseguraría de que aquel encuentro se produjera.

Su mirada se volvió más cautelosa antes de hacer una inclinación de cabeza y girar sobre sí mismo para encaminarse hacia la limusina negra que lo aguardaba fuera del cementerio.

–¿Señor De la Cruz?

Gregorio se volvió hacia Silvio, uno de sus guardaespaldas, que le estaba ofreciendo un pañuelo.

–Tiene sangre en las mejillas. De ella, no suya –explicó Silvio mientras Gregorio lo miraba con expresión interrogante.

Tomó el pañuelo y se lo pasó por la mejilla. Luego miró la mancha roja que había quedado en su blanquísima tela.

La sangre de Amelia Fairbanks.

Guardó el pañuelo en su bolsillo mientras volvía la mirada hacia ella. Amelia parecía muy pequeña y vulnerable, pero su expresión fue de serenidad mientras se inclinaba a dejar una rosa roja sobre el ataúd de su padre.

Quisiera ella o no, Amelia Fairbanks y él iban a verse de nuevo.

Gregorio ya llevaba dos meses deseándola, de manera que podía esperar un poco más antes de reclamar sus derechos sobre ella.

Capítulo 1

NO SABÍA que tenía tantas cosas acumuladas –murmuró Lia mientras entraba en el apartamento con una gran caja de cartón y la dejaba junto a otra docena acumulada en un lado del cuarto de estar. El resto estaba lleno de muebles–. Estoy segura de que no necesito la mayoría de las cosas y no sé dónde voy a ponerlas –añadió mientras miraba en torno a su nuevo y pequeño apartamento londinense, que constaba de una habitación, un baño y salón-cocina.

Suponía un gran contraste respecto a la mansión de tres plantas en la siempre había vivido con su padre.

Pero los mendigos no podían escoger. Aunque Lia no era exactamente una mendiga. Aún le quedaba parte del dinero que había heredado de su madre, pero el estilo de vida al que había estado acostumbrada a lo largo de sus veinticinco años de vida había pasado a la historia.

Todos los bienes y cuentas de su padre estaban legalmente bloqueados hasta que sus deudas quedaran saldadas, algo que aún llevaría meses, si no años. Y dada la situación financiera en que se había encontrado su padre antes de su muerte, Lia dudada que fuera a quedar nada.

Su casa familiar era uno de aquellos bienes y, aunque Lia podría haber seguido viviendo en ella hasta que hubiera una sentencia firme sobre las deudas, no quiso seguir allí sin su padre. Además, los tiburones financieros ya tenían sus fauces abiertas, dispuestas hacerse con todo lo que quedara de las Industrias Fairbanks.

Lia había utilizado su propio dinero para pagar el funeral de su padre, y la entrada de aquel apartamento. Había renunciado a todos sus cargos en las asociaciones benéficas con las que había colaborado y había tenido que buscarse un trabajo para tener un sueldo con el que poder alimentarse además de pagar la renta.

Había tomado las riendas de su vida, y le producía una peculiar satisfacción haber sido capaz de hacerlo.

Cathy se encogió de hombros.

—Supongo que cuando hiciste las cajas pensabas que necesitabas todo —dijo, aunque no añadió lo que ambas sabían: que en las cajas no solo había objetos de Lia, sino también montones de recuerdos de su padre.

Lia había tenido todas aquellas cajas almacenadas durante dos meses, mientras se alojaba en casa de su amiga Cathy y de su marido Rick. Aquello había supuesto un bálsamo para sus baqueteadas emociones, pero era una situación que no podía prolongarse para siempre, y por eso había decidido trasladarse a aquel apartamento.

Aunque ya había superado la terrible conmoción que supuso encontrar a su padre muerto en su despacho debido a un infarto fulminante, a veces anhelaba volver a sentir el entumecimiento de los sentidos del que había ido acompañada. La sensación de pérdida que sentía era constante y profunda, y aún la asaltaba en los momentos más inesperados.

—Creo que ya nos merecemos una copa de vino —dijo Cathy animadamente—. ¿Tienes idea de en cuál de las cajas puede estar?

Lia sonrió traviesamente y fue directa a la caja en la que sabía que estaban las botellas.

—¡Ta-chán! —exclamó a la vez que sacaba una.

Lia no sabía qué habría hecho sin Cathy y Rick tras la muerte de su padre. Eran amigas desde pequeñas y para Lia, Cathy era como una hermana. Pero sabía que no podía abusar de la amistad de su amiga.

—Deberías irte a casa a ver a tu marido —dijo mientras se sentaban en un par de cajas para disfrutar del vino—. Rick no te ha visto en todo el día.

Cathy frunció el ceño.

—¿Seguro que estarás bien?

—Seguro —dijo Lia cálidamente—. Voy a sacar lo justo para poder prepararme algo rápido de cenar antes de acostarme —añadió con un bostezo—. No solo tengo un nuevo apartamento que organizar, sino un nuevo trabajo al que enfrentarme mañana por la mañana.

Cathy se levantó y se puso la cazadora.

—Lo vas a hacer genial, verás.

Lia lo sabía. Tras los dos meses pasados desde la muerte de su padre no dudaba de su capacidad para cuidar de sí misma. A pesar de todo, aún le producía vértigo pensar en todos los cambios que había experimentado su vida desde la muerte de su padre. Aún le conmocionaba la palabra muerte, probablemente porque aún no podía creer que su padre se había ido de su vida para siempre.

Y no habría sido así si Gregorio de la Cruz no hubiera retirado su oferta de comprar Industrias Fairbanks. Aunque hubieran sido los abogados los que hubieran presentado la sentencia de muerte de su padre, Lia sabía que quien se encontraba tras todo aquello era Gregorio de la Cruz.

Su padre había sido testigo del declive de su empresa durante meses y, consciente de que estaba al borde de la bancarrota, decidió que no tenía otra opción que vender. Y Lia estaba convencida de que la repentina retirada de la oferta De la Cruz había sido la causante del infarto de su padre.

Y por eso odiaba a aquel hombre, aunque era consciente de la futilidad de su pretensión de vengarse de alguien tan poderoso como Gregorio de la Cruz era. No solo era inmensamente rico, sino que además era un persona fríamente distante y inalcanzable. ¡Incluso se había presentado acompañado por dos matones en el funeral de su padre!

A pesar de todo, sentía cierta satisfacción por haber podido abofetear el austeramente atractivo rostro de aquel español.

Pero según habían ido transcurriendo las semanas y los meses sin que se cumpliera la promesa que le había hecho Gregorio de la Cruz de que volverían a verse pronto, Lia casi había logrado apartar el recuerdo de su mente, sobre todo porque había tenido que centrarse en asuntos más inmediatos, como buscar alojamiento y un trabajo.

Y ya había logrado ambas cosas, pues se había asegurado un puesto de recepcionista en uno de los principales hoteles de Londres. Para evitarse complicaciones mientras buscaba trabajo, había utilizado el apellido de soltera de su madre, Faulkner. Al dueño del hotel debió gustarle de inmediato su aspecto y modales, pues casi enseguida le dio la oportunidad de hacer una prueba de un día como recepcionista, prueba con la que se quedó encantado.

El pobre hombre no sabía que Lia estaba muy acostumbrada a hallarse al otro lado de escritorio de recepción, reservando habitaciones en hoteles tan exclusivos como aquel por todo el mundo.

De manera que ahora tenía un nuevo apartamento y un nuevo trabajo.

Cathy tenía razón: Todo iba a ir bien.

Pero no si uno de sus vecinos tenía la brillante idea de llamar a su puerta justo cuando se hallaba tomando el delicioso baño con que había prometido premiarse al finalizar aquel agotador día.

Tenía que tratarse de uno de sus vecinos porque, excepto Cathy, nadie conocía todavía la dirección de su nuevo apartamento.

Aunque tampoco esperaba tener muchas visitas. Mucha gente a la que había considerado cercana, incluso amiga, había demostrado no serlo en cuanto dejó de ser Amelia Fairbanks, la hija del millonario Jacob Fairbanks. Incluso David había roto su compromiso con ella.

¡Pero se negaba a pensar en aquellos momentos en su exprometido! Y, después de cómo la había abandonado cuando más lo había necesitado, no pensaba volver a pensar en él nunca más.

Acudir a abrir envuelta en una toalla de baño no era precisamente la forma ideal de aparecer ante uno de sus nuevos vecinos, pero sería aún más grosero que no acudiera a abrir, pues las luces evidenciaban que había alguien en la casa.

Se detuvo ante la puerta de entrada y tomó la precaución de echar un vistazo a la mirilla, aunque no vio a nadie al otro lado. Afortunadamente, siempre estaba la cadena de seguridad para prevenir que alguien entrara a la fuerza.

La razón por la que su visitante no estaba a la vista se hizo evidente en cuanto Lia abrió la puerta y vio a Gregorio de la Cruz al otro lado.

Su primer impulso fue cerrar de golpe la puerta, pero Gregorio se lo impidió introduciendo rápidamente un pie calzado con un carísimo zapato italiano de cuero entre la puerta y el quicio de esta.

—¿Qué hace aquí? —preguntó Lia entre dientes mientras presionaba la puerta con todas sus fuerzas.

Gregorio vestía uno de sus oscuros trajes de sastre con una camisa blanca y una corbata de seda gris con el nudo perfecto. Unido a su pelo, ligeramente revuelto, parecía un modelo de pasarela.

—Parece que ha tomado por costumbre hacerme esa pregunta cada vez que me ve —respondió con calma—. Tal vez sería mejor que en el futuro anticipara la posibilidad de verme cuándo y dónde menos lo espera.

–¡Váyase al diablo! –espetó Lia a la vez que trataba de cerrar la puerta sin ningún éxito.

–¿Qué lleva puesto? O, más bien, ¿qué no lleva puesto?

Gregorio se vio completamente distraído ante la visión de los hombros desnudos de Lia, aún húmedos a causa del baño y el pelo sujeto informalmente en lo alto de la cabeza.

–¡Eso no es asunto suyo! –replicó Lia, ruborizada–. Váyase de inmediato, señor De la Cruz, o me veré obligada a llamar a la policía.

Gregorio arqueó una de sus morenas cejas.

–¿Por qué motivo?

–¿Qué le parece acecho y acoso? Pero no se preocupe. Le aseguro que ya se me habrá ocurrido algo adecuado mientras llegan.

–No estoy preocupado. Solo quiero hablar con usted.

–No tiene nada que decir que me interese escuchar.

–Eso no puede saberlo.

–Claro que lo sé.

Gregorio no era precisamente conocido por su paciencia, pero había esperado dos largos y tediosos meses antes de decidirse a localizar de nuevo a aquella mujer. Pero era evidente que el paso del tiempo no había hecho que sus emociones fueran menos volátiles ni que su resentimiento amainara.

Decir que él se había sentido conmocionado por la muerte de Jacob Fairbanks habría sido un eufemismo, aunque sin duda debía haber supuesto una gran tensión para este y su negocio haberse visto sometidos al escrutinio de la implacable reguladora financiera FSA. Aún seguían investigando y todos los activos y bienes de Fairbanks permanecían congelados.

Gregorio estaba convencido de que la causa de la investigación iniciada por la FSA sobre la empresa de Fairbanks había sido la retirada de la oferta que había hecho Industrias De la Cruz. Pero él no podía ser considerado responsable de las malas decisiones económicas que habían llevado a Jacob Fairbanks al borde de la quiebra. Ni de su muerte a causa de un infarto fulminante.

Pero, al parecer, Amelia Fairbanks sí lo consideraba culpable.

–¿No ha traído hoy a sus gorilas? –preguntó Lia burlonamente–. ¡Es muy valiente enfrentándose a solas a una mujer de metro sesenta y cinco!

–Silvio y Raphael están esperando fuera, en el coche.

–Por supuesto –dijo Lia en tono despectivo–. ¿Lleva un botón del pánico que pueda pulsar para que vengan corriendo?

–Se está comportando de un modo muy infantil, señorita Fairbanks.

–Simplemente me estoy comportando como alguien que trata de librarse de una visita no deseada –la mirada de Lia pareció destellar cuando añadió–. Y ahora, haga el favor de quitar su maldito pie de la puerta.

La mandíbula de Gregorio se tensó.

–Necesitamos hablar, Amelia.

–No, no necesitamos hablar. Y Amelia era el

nombre de mi abuela. Mi nombre es Lia, y no es que le esté dando permiso para utilizarlo. Solo mis amigos tienen ese privilegio –añadió con aire despectivo.

Gregorio sabía con certeza que él no era uno de aquellos amigos. Pero, desafortunadamente para ella, Gregorio no sentía lo mismo. Y no solo quería ser amigo de Lia, sino que tenía intención de convertirse en su amante.

Doce años antes, cuando sus padres murieron, él y sus dos hermanos pequeños tan solo heredaron un viejo viñedo. Gregorio se empeñó en conseguir que prosperara y en aquellos momentos él y sus hermanos poseían unos viñedos de los que podían sentirse muy orgullosos, así como diversos negocios por todo el mundo.

Deseó a Lia en cuanto la conoció y, acostumbrado a conseguir todo aquello que se proponía, no pensaba parar hasta conseguirla.

Casi estuvo a punto de sonreír al imaginar cómo reaccionaría si se lo dijera.

—En cualquier caso, necesitamos hablar. Si no le importa abrir la puerta y vestirse...

—Hay dos errores en esa exigencia.

—Ha sido una petición, no una exigencia.

Lia alzó sus cejas color castaño rojizo.

—Viniendo de usted es una exigencia. Pero no pienso abrir la puerta ni vestirme. No me interesa nada que pueda tener que decirme. Mi padre está muerto por su culpa –las lagrimas hicieron brillar los ojos grises de Lia–. Váyase, señor De la Cruz, y llévese su sentimiento de culpabilidad consigo.

—No tengo ningún sentimiento de culpabilidad.

—Por supuesto, cómo iba a tenerlo —Lia lo miró con desprecio—. Los hombres como usted arruinan vidas a diario, de manera que ¿qué más da una más?

—Está siendo demasiado melodramática.

—Estoy exponiendo los hechos.

—¿Los hombres como yo?

—Tiranos ricos y despiadados que arrasan con todo lo que se interpone en su camino.

—No siempre he sido rico.

—Pero siempre ha sido despiadado... y sigue siéndolo.

Gregorio había hecho lo que había hecho por su propio bien y el de sus hermanos. En el mundo de los negocios si no engullías te engullían, y no había tenido más remedio que volverse despiadado. Pero aquello era lo último que quería ser con Lia.

Movió la cabeza.

—No solo está siendo excesivamente dramática, sino que está completamente equivocada en lo referente a sus acusaciones. Con respecto a su padre y a todos lo demás, algo dc lo que podría enterarse si me dejara pasar para hablar.

—Eso no va a suceder.

—No estoy de acuerdo.

—En esc caso, prepárese para asumir las consecuencias.

—¿Y eso qué quiere decir?

—En estos momentos me estoy conteniendo, pero si insiste en su acoso le prometo que tomaré las medidas legales adecuadas para que no le permitan acercarse más a mí.

Gregorio alzó una ceja con expresión irónica.

–¿Qué medidas legales?

–Una orden de alejamiento.

Gregorio nunca había experimentado tantas ganas de estrangular y besar a la vez a una mujer.

–¿Y no necesitaría contratar los servicios de un abogado para lograrlo?

Lia se ruborizó intensamente ante la evidente referencia de Gregorio al hecho de que David Richardson ya no era ni su abogado ni su prometido.

–¡Miserable!

Gregorio había lamentado aquel comentario en cuanto lo había hecho. Pero tampoco podía retirarlo, y tan solo era la verdad. Sacó la cartera del bolsillo interior de la chaqueta y extrajo de ella una tarjeta.

–Ahí está mi teléfono privado –dijo a la vez que la alargaba hacia Lia–. Llámeme cuando esté preparada para escuchar lo que quiero decirle.

Lia miró la tarjeta como si fuera un víbora.

–Eso no sucederá nunca.

–Tome la tarjeta, Lia.

–No.

La frustración del español se hizo evidente en la firmeza que adquirió su mandíbula. Lia estaba segura de que no estaba acostumbrado a que lo trataran de aquel modo. A lo que estaba acostumbrado era a dar órdenes.

Pero ella no tenía ningún problema para decir no a Gregorio de la Cruz.

Lia no recordaba a su madre, porque murió en un accidente cuando ella era un bebé. Pero, a lo largo de toda su vida, su padre había sido una constante; siempre allí, siempre dispuesto a escucharla y a pasar ratos con ella. Los lazos que los unían eran muy fuertes. Cuando su padre murió Lia no solo perdió al padre, sino también a su mejor amigo y confidente.

–Le pido por última vez que se vaya, señor De la Cruz –dijo con toda la firmeza que pudo mientras una intensa sensación de pesar se adueñaba de ella.

Gregorio frunció el ceño al ver la repentina palidez del rostro de Lia.

–¿Tiene alguien que se ocupe de usted? –preguntó.

Lia parpadeó en un intento de liberarse de la sensación de profundo agotamiento que se estaba adueñando de ella.

–¿Si le digo que estoy sola se ofrecerá a entrar para prepararme una taza de chocolate, como solía hacer mi padre cuando me veía preocupada o disgustada?

–Si eso es lo que desea –contestó Gregorio.

–No puedo tener lo que más deseo –dijo Lia débilmente.

Gregorio no necesitó que le dijera que lo que más deseaba era que su padre regresara. La desolada expresión de Lia, las sombras de sus ojos, sus temblorosos labios mientras se esforzaba por contener las lágrimas fueron suficiente.

–¿Puedo avisar a alguien para que venga a hacerle compañía?

Lia permaneció en silencio y Gregorio notó que se tambaleaba. En aquellos momentos parecía tan

frágil que una leve brisa habría bastado para hacerle perder el equilibrio.

–Quite el cierre y déjeme entrar –dijo en su tono
más dominante, un tono que desafiaba a cualquiera
a desobedecerlo.

Lia trató de negar con la cabeza, pero incluso
aquel movimiento supuso demasiado esfuerzo.

–No estoy segura de poder hacerlo –dijo con un
hilo de voz.

–Alce lentamente la mano derecha y deslice la
cadena –Lia hizo lo que le decía–. Así. Un poco
más –añadió con paciente suavidad–. Ya está.

Gregorio respiró de alivio cuando cayó la cadena y pudo abrir la puerta. Lo hizo sin prisa, con
delicadeza y entró en el apartamento.

Por fin iba a estar a solas con Lia.

Capítulo 2

A OJOS de Gregorio, el apartamento estaba hecho una auténtico caos. Había cajas por todos lados, muebles colocados en cualquier sitio, y en la cocina parecía haber habido una explosión de utensilios.

No era de extrañar que Lia estuviera agotada.

Lia logró despejarse un poco cuando escuchó el ruido de la puerta al cerrarse. No estaba completamente segura de cómo había sido, pero Gregorio de la Cruz estaba dentro se su apartamento. Su profunda voz, hipnótica y resonante, le había ordenado soltar la cadena y ella se había sentido demasiado exhausta como para no obedecerle.

En los confines del apartamento Gregorio parecía aún más grande, más alto, más oscuro, y directamente peligroso. Era como estar encerrado en una habitación con una pantera. Sus hombros parecían enormes bajo la chaqueta, el pecho definido y musculoso, la cintura estrecha, los muslos poderosos...

Cuando Lia alzó la mirada hacia su rostro fue inmediatamente atrapada por unos brillantes ojos de intenso color negro.

—Yo...

—Te conviene sentarte, o podrías caerte aquí

mismo —mientras decía aquello, Gregorio retiró varios objetos de un sillón cercano y tomó a Lia del brazo para ayudarla a sentarse—. ¿Tienes coñac?

—Vino —contestó Lia con un lánguido gesto de la mano en dirección a la cocina.

Gregorio encontró rápidamente la botella y sirvió un poco en un vaso antes de volver junto a Lia.

—Toma —dijo, y ella aceptó el vaso con mano temblorosa—. ¿Has comido algo hoy?

—Um... unos cereales con leche por la mañana y una tostada por la tarde... creo...

Gregorio manifestó su desagrado con un intenso fruncimiento de ceño y se volvió de nuevo hacia la cocina. Pero tan solo encontró una botella de leche medio vacía y un paquete de mantequilla.

—No tienes comida —dijo en tono casi acusador.

—Tal vez se deba a que solo hace unas horas que me he mudado.

Gregorio sonrió al captar el regreso del sarcasmo al tono de Lia. Esperaba que fuera indicio de que se encontraba mejor.

—Por cierto... ¿cómo ha sabido que me he mudado aquí hoy? —preguntó Lia con suspicacia.

Gregorio había estado al tanto de todos los movimientos de Lia desde hacía dos meses, y había recibido informes diarios de su jefe de seguridad sobre ella.

No había duda de que Lia lo consideraría una intromisión en su vida, pero Gregorio estaba convencido de que el asunto Fairbanks aún no había terminado, y, entretanto, quisiera o no, Lia iba a aceptar su protección.

–Bébete el vino –ordenó mientras sacaba el móvil de su bolsillo.

–Escuche, señor De la Cruz...

–Llámame Gregorio. O Río, si lo prefieres. Así es como me llaman mis familiares y amigos.

–Pero yo no soy ninguna de esas cosas, y no tengo intención de llegar a serlo –replicó Lia con la barbilla ligeramente alzada–. ¿Qué hace? –preguntó con el ceño fruncido al ver que Gregorio estaba a punto de ponerse a hablar por teléfono.

–Tenía intención de invitarte a cenar, pero después de comprobar lo cansada que estás voy a pedir que nos traigan aquí la cena.

Lia empezaba a preguntarse si se habría quedado dormida en el baño y estaría teniendo una pesadilla. No era posible que Gregorio de la Cruz estuviera en su apartamento pidiendo la cena para ambos.

Pero el hombre que tenía ante sí parecía muy real, alto, musculoso.., y muy mandón.

Tras los meses de tormento que acababa de pasar por su culpa, aquella situación resultaba surrealista.

«Estás siendo un poco injusta», murmuró una vocecilla en el interior de la cabeza de Lia.

Gregorio no era responsable del declive de la empresa de su padre, ni de los problemas de la economía. Y había estado en su derecho de retirar su oferta por las empresas Fairbanks si había decidido que la compañía no era viable.

Pero Lia creía que la retirada de aquella oferta había llevado a la muerte a su padre. Y si debía culpar a alguien por ello, Gregorio de la Cruz era la persona obvia.

En cuanto terminó la llamada, Gregorio fijó sus penetrantes ojos negros en ella.

El corazón de Lia latió más deprisa al notar que algo se agitaba en las frías profundidades de aquellas oscuras órbitas. Algo parecido a una llamita prendió en su interior, una llama que comenzó a hacerse más intensa por momentos, dejando la habitación sin aire, al igual que sus pulmones.

Tragó saliva. El corazón le estaba latiendo con tal fuerza que temió que Gregorio pudiera escucharlo. Aquel hombre ya la había besado una vez y, aunque Lia lo había abofeteado por ello, nunca lo había olvidado.

–En realidad no tengo hambre –dijo a la vez que se levantaba para dejar el vaso de vino en la encimera de la cocina. Titubeó ligeramente al darse cuenta de lo cerca que estaba Gregorio de ella.

–Supongo que has pasado una temporada sin apetito –reconoció Gregorio con suavidad–. Pero eso no significa que tu cuerpo no necesite sustento.

¿Por qué sonó aquello tan íntimo a oídos de Lia? ¿Estaría hablando de comida? ¿O de otra cosa?

Lia reconoció el brillo que había en la mirada de Gregorio exactamente por lo que era: deseo. Un deseo intenso, ardiente. Por ella. Un deseo que ya le había demostrado cuatro meses atrás y que, obviamente, aún sentía.

Dio un pasó atrás, pero Gregorio dio otro hacia delante.

Lia se humedeció los labios con la punta de la lengua.

–Creo que ahora debería irse.

–No –murmuró Gregorio, tan cerca de ella que Lia pudo sentir su aliento en la sien.

–No puede decir que no.

–Acabo de hacerlo –replicó Gregorio con satisfacción.

Lia parpadeó.

–Esto es una locura –debía estar loca, desde luego, porque una parte de sí misma estaba respondiendo a la parpadeante llama que brillaba en aquellos ojos color carbón.

Sentía la piel increíblemente sensibilizada, los pezones le cosquilleaban y se estaba humedeciendo entre los muslos.

–¿Lo es? –preguntó Gregorio a la vez que alzaba una mano para apartar con delicadeza un mechón de pelo de la frente de Lia.

–Sí...

La muerte de su padre y la deserción de David implicaban que hacía bastante tiempo que nadie tocaba a Lia, sin contar los abrazos de su amiga Cathy por supuesto. Pero el cuerpo de Lia anhelaba otra clase de contacto físico.

Pero aquel hombre era un tiburón financiero que no sentía el más mínimo reparo en tragarse a los peces chicos. También era un hombre que llevaba una mujer distinta del brazo cada vez que aparecía en la prensa. Normalmente eran altas y rubia y, además de quedar muy bien a su lado, sin duda compartían su cama de noche.

Pero Lia no era ni alta ni rubia.

Y tampoco estaba en venta.

Dio un paso atrás con toda la firmeza que pudo.

–Voy a ir a mi dormitorio a vestirme. Le aconsejo que no siga aquí cuando salga.

Gregorio esbozó una sonrisa.

–Suelo escuchar los consejos, pero raras veces los sigo.

–¿Acaso siempre tiene razón?

La sonrisa de Gregorio se ensanchó.

–Tengo la sensación de que, responda como responda a esa pregunta, elegirás retorcerla para que se adapte a tus propósitos, o, más bien, para que encaje con la opinión que te has formado de mí sin siquiera conocerme.

Lia lo miró con impaciencia.

–Sé lo suficiente como para que no me apetezca que siga aquí.

–Y, sin embargo, aquí estoy.

–¡Quiero que se vaya de una vez de mi apartamento! No sé a qué jueguecito está jugando, pero no me interesa.

Gregorio se puso serio.

–No me dedico a jugar, Lia.

–Resulta extraño escuchar eso, porque estoy segura de que ahora mismo está jugando a algo.

Gregorio respiró profundamente.

Era lógico que Lia desconfiara de él, que incluso creyera que tenía motivos de sobra para que no le gustara, pero la reacción de la que acababa de ser testigo en su cuerpo revelaba que lo deseaba tanto como él a ella.

Si no había más remedio, podía esperar a satisfacer aquel deseo. Y, al parecer, así iba a ser.

–Estoy de acuerdo. Deberías ir al dormitorio a vestirte.

–Muchas gracias, ¡pero no necesito su permiso para hacer nada!

Gregorio entrecerró los ojos.

–La cena no tardará en llegar.

–Ya le he dicho que no quiero nada.

Gregorio contempló pensativamente a Lia durante un momento.

–¿Tenía tu padre algún límite que no era conveniente cruzar?

–Sí –contestó Lia, ligeramente desconcertada a pesar de sí misma.

–Y estoy seguro de que sabías muy bien hasta qué punto podías acercarte a esa línea.

–Sí...

–Yo acabo de alcanzar mi propia línea –dijo Gregorio con calma.

–¿Y se supone que eso debería asustarme?

Gregorio estaba a punto de contestar cuando sonó el timbre de la puerta.

–Debe ser Silvio con la comida. Ve a vestirte –ordenó Gregorio con aspereza–. A menos que quieras que Silvio te vea tan solo con una toalla.

Lia tuvo la impresión de que aquello le preocupaba más a él que a ella. Tuvo la tentación de seguir exactamente como estaba, aunque solo fuera para irritarlo aún más.

Pero sabía que se sentiría mucho más cómoda vestida, de manera que giró sobre sus talones para encaminarse hacia su dormitorio, consciente de la ardiente mirada de Gregorio mientras se alejaba.

Una vez en el dormitorio, Lia tuvo que apoyarse de espaldas contra la puerta y respiró profundamente varias veces. ¿Qué estaba pasando allí? Porque era obvio que estaba pasando algo.

Dos meses atrás Gregorio le había asegurado que volverían a verse y así había sido. Y no parecía tener intención de ocultar el hecho de que aún la deseaba.

Y la respuesta de su traicionero cuerpo había sido mucho más intensa de lo que estaba dispuesta a reconocer.

¡Aquel hombre era nada menos que Gregorio de la Cruz, responsable de haber allanado el camino de su padre hacia la tumba!

¿Desde cuándo había dejado de considerarlo culpable?

No era así... ¿O sí...? No, por supuesto que no.

Gregorio era un hombre duro, despiadado, y asustaba. Y también tenía diez años más que ella, con la experiencia añadida que aquello suponía.

¡Cielo santo! ¡Debía estar mucho más necesitada de calor humano de lo que creía si se había sentido físicamente excitada por un hombre al que debería odiar!

—¿Y bien?

La respuesta de Lia fue un ronco «mmm» mientras mojaba en la salsa de mantequilla otro espárrago antes de comérselo con evidente placer.

Cuando, ya vestida con unos ceñidos pantalones negros y un jersey gris oscuro que iba a juego con sus ojos, había regresado al cuarto de estar, encontró a Gregorio sin la chaqueta ni la corbata y con la camisa arremangada, terminando de preparar la mesa en la que estaba la comida que acababan de traer.

Tras asegurar que no tenía hambre, Lia había devorado los suculentos langostinos con aguacate con evidente fruición, seguidos del bistec con patatas asadas y los espárragos. También había bebido dos vasos de vino tinto para acompañar la comida, lo que parecía indicar que le había gustado la selección de Gregorio de uno de los vinos más especiales de sus propios viñedos.

Aunque Gregorio también encontró la comida tan deliciosa como siempre, de lo que más disfrutó fue de ver a Lia comiendo. Según fue pasando el rato el color volvió a sus mejillas, al igual que el brillo de sus ojos. Estaba claro que llevaba una larga temporada sin comer como era debido.

Y Gregorio estaba decidido a impedir que aquello volviera a suceder.

Finalmente, sin que se hubiera producido la más mínima discusión o tensión durante el transcurso de la comida, Lia dejó el tenedor y el cuchillo en su plato vacío y suspiró.

—Casi había olvidado cuánto solía gustarme la comida de Mancini.

Gregorio notó que había hablado en pasado. El mundo de Lia se había puesto de pronto patas arriba y ya no podía permitirse comer en restaurantes tan exclusivos.

—Estaba todo delicioso, gracias —añadió Lia con

cierta incomodidad–. Pero ha sido un día muy largo y creo que lo que necesito ahora es dormir unas cuantas horas.

Gregorio tuvo que reconocer que parecía realmente cansada. ¿Y qué más daban un par de días más después de haber esperado tanto tiempo?

Miró en torno al desorden que reinaba a su alrededor.

–¿Quieres que venga mañana a ayudarte a terminar de colocar las cosas?

–¿Por qué estás siendo tan amable conmigo? –preguntó Lia con el ceño fruncido.

Gregorio se encogió de hombros

–Resulta agradable ser amable contigo.

Lia entrecerró los ojos. ¿Cuáles serían las intenciones de aquel hombre? ¿Desconcertarla y aturdirla para luego atacar?

Cathy no la iba a creer cuando la llamara al día siguiente por teléfono para contarle la inesperada visita de Gregorio y cómo habían acabado cenando juntos.

Ni ella misma estaba segura de poder creerlo.

Cada vez le costaba más esfuerzo pensar en aquel hombre como el monstruo que había contribuido a destruir a su padre. Fuera como fuese, no había dejado de tratarla con respeto y amabilidad.

Lia se levantó para indicar que había terminado y que Gregorio debería irse.

Pero Gregorio ignoró la indirecta y permaneció sentado.

–Aún no hemos comido el postre.

–Por mí puedes llevártelo. No podría probar ni un bocado más.

—No querría que te privaras de la exquisita tarta de chocolate de Mancini.

Lia no ocultó su sorpresa.

—¿De verdad te ha enviado su famosa tarta de chocolate?

—Nos la ha enviado —corrigió Gregorio.

—No podía saber que ibas a cenar conmigo.

—Lo sabía. He hablado con él personalmente y le he pedido que enviara todos tus platos favoritos.

Lia abrió los ojos de par en par.

—¿Le has dicho que íbamos a cenar juntos?

Gregorio la observó un momento.

—¿Supone algún problema?

—Para mí no.

—Para mí tampoco.

Desde luego, Gregorio no parecía preocupado por haber contado a un tercero que iba a cenar con la hija de Jacob Fairbanks. Teniendo en cuenta la velocidad con que se habían esfumado sus supuestos amigos y su prometido, Lia encontraba como mínimo peculiar el comportamiento de Gregorio.

—Eres un hombre extraño —dijo lentamente.

—¿En buen o en mal sentido? —preguntó Gregorio mientras se levantaba.

—Aún no lo he decidido.

Gregorio sonrió y Lia miró instintivamente sus sensuales labios.

—Cuando lo decidas, házmelo saber.

—Eres diferente a lo que había imaginado.

—¿En qué soy diferente?

—Aquella noche en el restaurante... cuando me besaste, pensé que no eras más que otro cretino arrogante al que no le gustaba escuchar la palabra no.

–Una de las dos cosas, desde luego.

Lia no necesitaba que Gregorio le explicara que no le gustaba escuchar un no por respuesta. No había duda de que era un hombre arrogante, pero también había algo más.

–¿Has dicho que no siempre fuiste rico?

–No –contestó Gregorio–. Cuando terminé mis estudios de empresariales volví a España y me encontré con que el viñedo familiar estaba prácticamente en la ruina. Varios años de sequía y malas cosechas casi habían acabado con él. Pero mis dos hermanos pequeños aún tenían que ir a la universidad, de manera que dejé mi vida en suspenso y me dediqué a asegurarme de que pudieran hacerlo.

–¿Y entonces fue cuando fundaste el negocio De la Cruz?

–Sí.

–¿Y sigue tu vida en suspenso?

Gregorio observó a Lia sin ocultar su admiración.

–Evidentemente no.

Lia negó con la cabeza.

–Creo que no sería buena idea que volviéramos a vernos.

Gregorio no ocultó su decepción al escuchar aquello.

–¿Por qué no?

Lia evitó su mirada.

–Además de por lo obvio, ya no pertenezco a ese mundo.

–¿Lo obvio...?

–Te considero en parte responsable de la muerte de mi padre –ya estaba dicho. Lo había expresado con claridad para que no hubiera dudas sobre los motivos por los que consideraba necesario mantenerse alejada de aquel hombre, que la inquietaba y alteraba como no lo había hecho ningún otro hasta entonces, incluyendo a su exprometido.

–Siento que pienses eso –contestó Gregorio pausadamente–. Y puedes pertenecer al mundo que quieras –añadió con arrogancia.

–No puedo creer que seas tan ingenuo. Mi padre ha muerto y prácticamente todos mis amigos se han esfumado. He perdido mi casa y los negocios de mi padre están siendo sometidos a una implacable investigación. Las asociaciones benéficas con las que solía colaborar no quieren saber nada del nombre Fairbanks asociado con ellos. Ahora vivo en este diminuto apartamento y empiezo en un nuevo trabajo el lunes.

–Nada de eso cambia lo que eres en esencia.

–¡Ya no sé quién soy! –replicó Lia–. Trato de decirme que nada de todo eso importa ya. Que esta es mi vida ahora, pero...

–¿Pero...?

–Pero en realidad me estoy mintiendo a mí misma –Lia se enfadó consigo misma al notar que su voz se había quebrado a causa de la emoción–. Y tú te estás mintiendo a ti mismo si crees que siendo amable conmigo y invitándome a cenar lograrás que olvide lo sucedido.

–Ningún muro es insuperable si las dos personas implicadas no quieren que esté ahí.

—Pero yo quiero que esté ahí.

—¿Estás segura de eso?

Lia no supo cómo había sucedido, pero de pronto se encontró a pocos centímetros del poderoso cuerpo de Gregorio, del que emanaba una tentadora calidez.

—Tienes que irte ahora —murmuró.

—¿En serio?

—¡Sí!

Lia no se sentía con energía suficiente para luchar contra la atracción de aquellos oscuros e irresistibles ojos, ni contaba con las defensas necesarias para resistir la oferta de aquel magnífico y musculoso cuerpo. Ni siquiera estaba funcionando el recordarse que se trataba de Gregorio de la Cruz. Cuando notó que empezaba a inclinar la cabeza hacia ella con intención de besarla se sintió como un cervatillo paralizado por las luces de un coche.

Pero, por agotada e indefensa que se sintiera, no podía permitir que aquello sucediera.

—¡No! —exclamó a la vez que, sin saber de dónde, sacaba las fuerzas necesarias para apoyar una mano contra el pecho de Gregorio—. Tienes que irte, Gregorio, por favor.

Los labios de Gregorio se detuvieron a escasos centímetros de los de ella, y su aliento le acarició la mejilla.

Gregorio hizo un evidente esfuerzo por contenerse.

—Ya que me lo pides tan amablemente...

Lia rio nerviosamente.

—¿En lugar de amenazar con llamar a la policía para que te echen?

–Exacto –Gregorio tomó su chaqueta del respaldo de una silla y se la puso–. Piensa en mí mañana cuando estés disfrutando de la tarta de chocolate –añadió roncamente mientras se encaminaba hacia la puerta del apartamento.

Un segundo después se había ido.

Aún anonadada por todo lo sucedido, Lia respiró de alivio. ¿Qué diablos acababa de pasar? ¡Había estado a punto de permitir que Gregorio de la Cruz la besara!

Cuando se volvió hacia la mesa para retirar la vajilla se fijó en que había una tarjeta de negocios sobre esta.

Era la misma tarjeta que se había negado a aceptar antes de Gregorio, con el teléfono de su móvil grabado en letras doradas.

Capítulo 3

BUENOS días, Lia.

Lia estuvo a punto de desmayarse al ver al hombre que acababa de saludarla desde el otro lado del mostrador de recepción.

Lo único que fue capaz de hacer fue seguir mirándolo boquiabierta.

Gregorio de la Cruz ladeó la cabeza y esbozó una burlona sonrisa.

—Ya te advertí que debías estar preparada para verme cuando menos lo esperes.

Era cierto que Gregorio había dicho aquello, pero Lia no había esperado encontrárselo de frente en su nuevo empleo y en su primer día de trabajo

¿Sería una mera coincidencia el hecho de que Gregorio hubiera acudido al Hotel Exemplar precisamente la mañana en que había empezado a trabajar?

Entrecerró los ojos con suspicacia.

—¿Estás haciendo que me sigan?

—¿Seguirte? No, claro que no. Pero sí quiero asegurarme de que estás a salvo —contestó Gregorio sin el más mínimo rastro de disculpa en su tono.

Lia alzó las cejas.

−¿Y por qué necesitas asegurarte de que estoy a salvo?

−Ahora estás sola en el mundo.

−¡Y ambos sabemos por qué!

−Lia...

−¿Hay algún problema...? ¡Señor De la Cruz! −Michael, el director del hotel, apenas ocultó su sorpresa mientras estrechaba cálidamente la mano de Gregorio.

−Buenos días, Michael −saludó Gregorio amablemente−. No hay ningún problema. Acabo de bajar para saludar a la señorita... Faulkner −añadió tras echar un vistazo a la tarjeta que colgaba de la solapa de la chaqueta de Lia.

Gregorio sabía que aquel era un apellido que no le pertenecía.

Y al parecer también conocía personalmente al director del hotel.

Lia experimentó un extraño cosquilleo en la boca del estómago. En lo referente a Gregorio de la Cruz no existían las coincidencias.

Lo que significaba que ya sabía exactamente dónde podía encontrarla aquella mañana.

¿Estaba haciendo que la siguieran? ¿Por qué motivo?

Lia creyó entender de pronto por qué estaba haciendo todo aquello, y no era precisamente por mala conciencia, algo que él ya le había aclarado. Lo que quería era que se sintiera en deuda con él. Y no solo en deuda, sino atrapada. Lo suficientemente atrapada como para que acabara dándole lo que quería, es decir, a sí misma.

—Por supuesto —dijo el director al escuchar la explicación de Gregorio. Enseguida se volvió hacia Lia—: Si desea tomarse ya el rato de su almuerzo, seguro que no habrá ningún problema...

—¡No! No —repitió Lia en tono más calmado al darse cuenta de que prácticamente había ladrado su primera negativa—. Estoy segura de que un hombre tan ocupado como el señor De la Cruz tendrá otras cosas que hacer ahora mismo.

No sabía lo que estaba pasando allí, y tampoco sabía si Gregorio había tenido algo que ver con el hecho de que hubiera conseguido aquel trabajo, pero no quería que sus compañeros la vieran desde el primer día como alguien que recibía un trato especial por parte del director. ¡Y ya había varias miradas vueltas hacia ellos!

—Gracias por la oferta, Michael —dijo Gregorio con suavidad—, pero, como ha dicho Lia, tengo una cita en otro lugar dentro de unos minutos.

—Oh. Bien. Perfecto —el director asintió varias veces—. En ese caso los dejo a solas —dijo antes de alejarse hacia su despacho.

—No me gusta que te sujetes el pelo atrás.

Lia miró a Gregorio con una mezcla de sorpresa e irritación.

—Lo he cierto es que me importa un...

—Cuidado con esa lengua, Lia —advirtió Gregorio.

—¿Has dicho que acabas de bajar? —preguntó de pronto Lia—. Has dicho que has bajado para saludarme...

–Ocupo el ático del hotel –admitió Gregorio con un encogimiento de hombros.

Lia se quedó lívida.

–¿Eres dueño del hotel?

–Forma pare del grupo de hoteles De la Cruz –contestó Gregorio con una sonrisa de evidente satisfacción.

A Lia ya no le cupo la menor duda de que Gregorio estaba implicado hasta su arrogante cuello en el hecho de que hubiera conseguido aquel trabajo de recepcionista.

La satisfecha sonrisa de Gregorio se esfumó al reconocer una expresión de enfado, o, más bien, de furia.

–No hagas nada de lo que puedas arrepentirte –advirtió al ver que Lia se levantaba de su asiento.

–De lo único que me arrepiento es de haber llegado a pensar que el sábado solo estabas siendo amable –Lia se inclinó para retirar su bolso de debajo del escritorio mientras fulminaba a Gregorio con la mirada–. Creo que he decidido que me voy a tomar ya mi rato libre para el almuerzo. ¿Te importaría aclarárselo luego a tu colega Michael?

–Michael no es mi...

–¡Mantente alejado de mí, Gregorio! –siseó Lia–. ¡Búscate otro ratón con el que jugar y déjame en paz!

A continuación, con las mejillas ardiendo, salió de detrás del mostrador de recepción y avanzó con paso firme por el vestíbulo del hotel hasta salir por su puerta giratoria.

Gregorio pensó que no era el momento adecuado

para explicarle que los empleados del hotel no podían utilizar la puerta principal.

Al parecer, las cosas no habían ido tan bien como había esperado.

Esperanza.

Al parecer aquello era lo único con lo que podía contar en lo referente a Lia Fairbanks, pues seguía resistiéndose y negándolo cada vez que se veían.

Tal vez, haberse asegurado de que obtuviera un trabajo en uno de los hoteles de la cadena Cruz no había sido tan buena idea como había creído al principio, pero, consciente de los problemas en que se hallaba inmersa y su falta de liquidez, en su momento le pareció lo mejor. Además, estaba seguro de que cumpliría a la perfección con su trabajo.

Estaba claro que debía haber esperado un poco más para informarle de que era el dueño del hotel en que trabajaba, pero no había podido resistir la tentación de bajar al menos a verla. Y tras verla había sido incapaz de no acercarse a hablar con ella.

Y teniendo en cuenta lo furiosa que se había puesto, no estaba seguro de que tuviera intención de volver.

–¿Qué tal ha ido tu primera mañana de trabajo? –preguntó Cathy animadamente en cuanto se sentaron a comer juntas en el restaurante en que habían quedado–. ¿Has conocido a algún millonario atractivo y soltero?

Al pensar en su encuentro con Gregorio, Lia

frunció el ceño. No había duda de que Gregorio era atractivo, pero también era un manipulador.

–No importa –dijo Cathy, malinterpretando el silencio de Lia–. A fin de cuentas solo ha sido tu primera mañana.

Lia estaba convencida de que Gregorio se había presentado aquella mañana en el hotel, en «su» hotel, con la intención de seguir tejiendo una especie de tela de araña a su alrededor. Su inesperada visita para invitarla a cenar, su nuevo trabajo...

¿Estaría haciendo todo aquello solo porque la deseaba?

¿Porque sabía que sería la única manera de conquistarla?

Le costaba creer que todo se debiera al mero deseo. Estaba acostumbrada a recibir la atención de los hombres desde que era una adolescente, pero no podía creer que Gregorio estuviera tan encaprichado de ella como para tomarse todas aquellas molestias. A fin de cuentas, solo necesitaba chasquear un dedo para que aparecieran un montón de bellísimas mujeres dispuesta a meterse en su cama.

¿O se debería su actitud al hecho de que sentía cierta culpabilidad en relación a la muerte de su padre?

–¿Estás bien, Lia?

–Sí, sí –Lia agitó la cabeza para apartar aquellos pensamientos de su cabeza y tomó el menú de la mesa para echarle un vistazo–. ¿Qué te parece si vamos pidiendo?

Hasta que no supiera qué se traía Gregorio entre manos no tenía intención de contar a su amiga que lo había vuelto a ver, y menos aún que la estaba persiguiendo.

—¿Puedo ofrecerme a llevarte a casa?

—No, gracias.

Lia no necesitó volverse para saber que el conductor del deportivo negro que había ralentizado su marcha junto a la acera era Gregorio.

—¿Prefieres el transporte público a regresar a casa en la comodidad de mi coche?

—¡Preferiría ir de rodillas a aceptar tu oferta!

—Vamos, no seas infantil.

—No soy infantil. Soy una mujer independiente... ¡por mucho que te esfuerces en conseguir que sea lo contrario! —Lia apretó los puños a la vez que se volvía a dedicar una iracunda mirada a Gregorio.

Había pasado la tarde temiendo que reapareciera en el vestíbulo del hotel, pero no había sido así.

Pero debería haber supuesto que un hombre como aquel no renunciaría con tanta facilidad a conseguir lo que quería.

Gregorio había detenido el coche y Lia se inclinó hacia la ventanilla con las manos en jarras.

—Sé que eres un hombre acostumbrado a conseguir lo que quiere como sea, pero te aseguro que no te van a bastar tus invitaciones a cenar y ese trabajo para conseguir meterme en tu cama... ¿Qué haces? —preguntó Lia al ver que Gregorio apagaba el motor del coche y salía del vehículo.

Su expresión era oscura y tormentosa y Lia dio un instintivo paso atrás al ver que se acercaba a ella. Gregorio la tomó con firmeza por el brazo y abrió la puerta de pasajeros.

—Entra —ordenó entre dientes.

—Yo...

—Entra en el maldito coche, o te meto yo —Gregorio dijo aquello en tono bajo y controlado, como si fuera a ponerse a gritar si se permitía hablar más alto.

Lia alzó la barbilla con gesto retador.

—Creo que te estás pasando bastante.

Los oscuros ojos de Gregorio brillaron peligrosamente.

—Acabas de hacer una acusación muy injuriosa y no estoy dispuesto a darte una respuesta en medio de la calle, donde cualquiera podría oírnos.

—El sábado por la noche dejaste muy claro qué era lo que querías de mí. ¿O acaso me equivoco al pensar que lo único que quieres es meterme en tu cama?

—En eso no te equivocas.

Lia asintió lentamente.

—Ese es el motivo de que haya llegado a esa conclusión tras averiguar que eres mi jefe.

Gregorio nunca perdía el control, porque hacerlo suponía una debilidad ante los demás. A pesar de todo, temió perderlo en aquellos momentos. Nadie lo había acusado nunca de nada parecido. Nadie se había atrevido nunca a hacerlo. Creyera lo que creyera Lia, no tenía ninguna necesidad de manipularla, pues estaba convencido de que ella sentía el mismo deseo por él que él por ella, aunque fuera un deseo que no quisiera reconocer.

El único motivo por el que trataba de protegerla y ayudarla era porque sabía que Lia ya no tenía a nadie en su vida que pudiera hacerlo, y porque ya no podía seguir llevando la clase de vida a la que estaba acostumbrada.

No podía aceptar que Lia llegara a la conclusión de que la estaba chantajeando con el único motivo de meterla en su cama. Aquello era directamente un insulto.

—Vamos a cenar juntos —dijo con firmeza.

—¿No has escuchado lo que acabo de decirte?

—Claro que te he escuchado —espetó Gregorio—. Pero ya te he dicho que no pienso responder a tu acusación en medio de la calle.

El coche de sus guardaespaldas se había detenido tras el deportivo. Ambos hombretones observaban atentamente la escena.

—No tengo ninguna intención de quedarme a solas contigo. En ningún sitio —replicó Lia.

Gregorio entrecerró los ojos y contempló sus ruborizadas mejillas, sus carnosos labios. Hacía calor y se había quitado la chaqueta, y la blusa de color crema que llevaba era tan fina que Gregorio pudo distinguir el contorno de su sujetador. Sus pechos subían y bajaban rápidamente al ritmo de su respiración, y sus pezones resaltaban contra la tela de la blusa.

—Tú también me deseas —dijo con voz ronca.

—¡Eso no es cierto! —negó Lia con vehemencia—. ¿Cómo podría desear al hombre insensible y cruel que empujó a mi padre hacia su muerte?

Lia escuchó sus propias palabras y vio como se

ensombrecía y endurecía la expresión de Gregorio, siendo consciente todo el tiempo de que este tenía razón. Había hablado tan vehementemente porque lo deseaba. Y no debería desearlo.

—Te estás mintiendo a ti misma. Ambos lo sabemos.

—¡No hay duda de que tu arrogancia supera tu engreimiento!

Gregorio esbozó una dura sonrisa.

—Cuando estés dispuesta a escuchar la verdad sobre tu padre te sugiero que me hagas una llamada. Hasta entonces... —sin concluir la frase, hizo un gesto con la cabeza a sus guardaespaldas para indicar que se iban.

Lia lo sujetó instintivamente por el brazo.

—¿La verdad sobre mi padre? ¿De qué estás hablando?

Gregorio entrecerró los ojos.

—Como ya he dicho, llámame cuando estés preparada para escucharme.

—¿Y mi trabajo?

—Eso no tiene nada que ver. Tu trabajo no está en juego por el hecho de que no quieras verme ni escucharme.

Lia dejó caer a un lado la mano con que estaba sujetando el brazo de Gregorio.

—No te entiendo.

—Puede que, como tú misma admitiste la otra tarde, después de haber hablado conmigo hayas comprobado que no encajo con la imagen preconcebida y cargada de prejuicios que tenías de mí.

Lia permaneció en silencio, pensando a toda

prisa, pues Gregorio había sugerido que sabía algo sobre su padre que ella no sabía.

–Cenaré contigo a cambio de que me cuentes lo que crees saber sobre mi padre que yo no sé –dijo rápidamente, y aguardó la respuesta de Gregorio conteniendo la respiración.

Capítulo 4

PENSABA que íbamos a cenar en un restaurante –dijo Lia mientras miraba con asombro el lujoso interior del jet privado de Gregorio, en el que habían despegado hacía cinco minutos.

–No vamos a aterrizar –aseguró Gregorio–. Además no vamos a necesitar un restaurante porque he convencido a Mancini para que se reúna con nosotros a bordo.

–¿Vamos a limitarnos a dar vueltas volando mientras cenamos?

–¿Por qué no? –preguntó Gregorio con un encogimiento de hombros.

Lia trató de ocultar su frustración. Lo último que quería con un hombre como aquel era tanta privacidad.

–Y ahora, ¿vas a decirme lo que sabes sobre mi padre que yo no sé?

La mirada de Gregorio se volvió cautelosa.

–Habíamos acordado cenar antes.

Lia suspiró mientras Gregorio se levantaba para quitarse la chaqueta

–En ese caso, ¿por qué no nos ponemos a comer ya? Abre el vino y sírvelo –prácticamente ordenó.

Gregorio la miró con una ceja alzada.

–¿También te gusta mandar en la cama?

–¡Gregorio! –exclamó Lia, escandalizada.

–No me estaba quejando. Pero me gusta estar advertido de antemano si ese es el caso.

Lia no pudo evitar que sus mejillas se ruborizaran.

–Solo estoy aquí porque has prometido darme información sobre mi padre.

–Pero sabiendo cuánto te deseo –dijo Gregorio mientras descorchaba la botella de vino blanco que había en la mesa

–¿Por qué tienes que volver siempre a eso? –preguntó Lia sin ocultar su irritación.

–¿A mi deseo por ti? Tal vez porque poseerte es algo que lleva tiempo obsesionándome.

Lia soltó un bufido.

–¡Me cuesta creer eso!

Gregorio sirvió vino en dos copas y empujó una hacia Lia.

–¿Te cuesta creer que te deseo o que no he dejado de pensar constantemente en ti desde la primera vez que te vi?

–¡Estaba comprometida con otro hombre!

Gregorio miró rápidamente la mano izquierda desnuda de Lia.

–Un compromiso no es un matrimonio.

–Obviamente no, pero me cuesta creer que sintieras una atracción tan instantánea por una mujer a la que acababas de conocer.

–Puede que prefieras seguir considerándome un hombre capaz de empujar a otras personas hacia su muerte.

Lia se estremeció ligeramente ante el recordatorio de su acusación.

–Hablar de «poseer» a alguien, en concreto a mí, no es exactamente un comportamiento muy normal.

–¿Preferirías que te halagara y sedujera con palabras antes de intentar hacerte el amor?

–Así es como se hace normalmente.

Gregorio hizo un gesto de displicencia con la mano.

–No tengo tiempo para esos juegos.

–Preferiría que no volvieras a mencionar el tema.

–En ese caso te estarías mintiendo a ti misma.

–No...

–¿Quieres que te demuestre hasta qué punto te estás mintiendo?

–¡No! –exclamó Lia al ver la cruda pasión que ardía en la intensa mirada de Gregorio.

Gregorio respiró profundamente mientras seguía observándola.

–Bebe tu vino –dijo finalmente con voz ronca.

–¿Y me llamas a mí mandona?

Gregorio observó a Lia por encima del borde de su copa mientras tomaba un sorbo. Esperó a que Mancini hubiera servido el primer plato antes de volver a hablar.

–¿Me consideras un hombre machista?

Lia hizo una mueca irónica.

–Puede que se trate de un problema de diferencias culturales...

–Está claro que no te crees eso más que yo –dijo Gregorio–. Pero deberías haber conocido a mi padre... Comparado con él soy un hombre completamente iluminado que cree fervientemente en la igualdad de oportunidades para todos los sexos.

–¿Aún vive?

–No. Ni él ni mi madre. Mi padre consideraba que el papel de mi madre era ocuparse de él y criar a sus tres hijos.

–¿Y tú no? –Lia tomó su copa de vino. La conversación se estaba volviendo demasiado personal para su gusto.

–Mi madre se aseguró de que mis hermanos y yo tuviéramos una actitud más moderna –Gregorio se encogió de hombros–. Por ejemplo, insistió en que todos aprendiéramos a cocinar.

–¿Y cómo reaccionó tu padre ante eso?

–Dado que nunca había tenido que aprender ni a freírse un huevo, estaba horrorizado –Gregorio esbozó una de aquellas sonrisas que hacía que su rostro pasara de resultar austeramente atractivo a devastadoramente guapo–. Mi madre quería lo suficiente a mi padre como para dejarle creer que era el patriarca de la familia, cuando en realidad era ella quien lo dirigía todo.

–Debía ser una mujer sorprendente.

Gregorio percibió el matiz melancólico del tono de Lia, lo que le recordó que había crecido sin madre.

–Lo era –replicó escuetamente.

–¿Y tú por qué no te has casado?

–No ha habido tiempo para una mujer en mi vida.

–¡No es precisamente eso lo que dice la prensa!

–Me refiero a una mujer con la que quisiera casarme.

–¿En lugar de limitarte a meterla en tu cama?

–Sí.

–¿Y qué pasó con la mujer con la que estabas cenando en el restaurante la noche que nos conocimos?

Gregorio se irguió ligeramente en el asiento. Desde el momento en que vio por primera vez a Lia en el restaurante aquella noche fue incapaz de seguir atendiendo como pretendía a su acompañante, y no aceptó su invitación de acudir a su apartamento aquella noche.

–No volví a verla.

–¿Por qué no?

–Porque te conocí aquella noche y te deseé de inmediato.

Lia apartó la mirada.

–No te imagino permitiendo que nadie, y menos aún yo, altere el más mínimo aspecto de tu vida.

–¿En serio? –preguntó Gregorio con una reveladora mirada.

Lia se tensó de inmediato.

–No estoy interesada en ti.

–¿No?

–No –espetó Lia con firmeza ante la mirada de complicidad de Gregorio.

Pero sabía que él estaba en lo cierto. No recordaba haberse sentido tan intensamente consciente de un hombre en su vida. Nunca.

Ya hacía un año que conocía a David cuando aceptó salir con él. Estuvieron saliendo otro año antes de que David le propusiera matrimonio y ella aceptara. Llevaban apenas un mes comprometidos cuando David la invitó a pasar la noche en su apartamento y ella aceptó.

Hasta la noche en que David canceló su compromiso, se comportó como un auténtico caballero.

Pero Gregorio no era ningún caballero, y nunca pedía lo que quería. Daba por sentado que tenía derecho a ello.

Y, a fin de cuentas, ¿no era mejor así? Dejarse llevar sin necesidad de pensar si era o no razonable, sin pararse a pensar en las consecuencias...

¡Pero claro que no era mejor así!, se reconvino Lia con firmeza. Y ahora que estaba completamente sola en el mundo era aún más importante que se mantuviera en guardia. Especialmente con un hombre como Gregorio de la Cruz.

—Has hecho trampa —protestó Lia dos horas después mientras entraban en su apartamento.

—Solo he sugerido que trajéramos el postre aquí —dijo Gregorio.

—Y lo has hecho para retrasar aún la respuesta que me debes. Pero no te pongas demasiado cómodo —advirtió Lia al ver que Gregorio ocupaba uno de los taburetes de la cocina—. Porque no vas a quedarte.

—De manera que sí te gusta mandar en la cama —replicó él con una sonrisa.

—Eso es algo que nunca llegarás a saber —aseguró Lia en tono lacónico, y enseguida añadió—: ¿Vas a tomar el postre o no?

—No podría probar un bocado más después de esa deliciosa comida.

—Eso suponía —dijo Lia mientras se inclinaba para meter el postre en la nevera—. He cenado contigo, he cumplido mi parte del trato. Ya es hora de que empieces a hablar —añadió a la vez se cruzaba de brazos a la defensiva.

—Por supuesto —Gregorio hizo una pausa antes de continuar—. Tu padre me caía muy bien, pero es evidente que tú has decidido no creértelo.

—No tengo motivos para creerme nada de lo que digas.

—Y tampoco tengo ningún motivo para mentirte, Lia. No fueron las empresas De la Cruz las que se retiraron de la negociaciones para comprar la empresa de su padre. Fue tu padre el que se retiró de esas negociaciones.

Lia se quedó momentáneamente boquiabierta al escuchar aquello.

—Eso es ridículo. ¿Por qué iba a haber hecho eso mi padre si estaba al borde de la quiebra?

—Según la investigación que está llevando la FSA, creo que podemos deducir que se debió a que tu padre había descubierto alguna... discrepancia en la contabilidad.

—¿Qué clase de discrepancia?

—Creo que se transfirieron varios millones de libras de las cuentas de la compañía a diversos paraísos fiscales.

—¿Lo crees o lo sabes?

—Lo sé —confirmó Gregorio con calma.

–¡Mi padre no robó de su propia compañía, como estás sugiriendo!

–Por supuesto que no.

–Entonces ¿quién lo hizo?

Gregorio se encogió de hombros.

–Solo un número limitado de personas tenía acceso a las cuentas afectadas.

Lia frunció el ceño. ¿Quién podía haber hecho aquello? Evidentemente, su padre tenía acceso a las cuentas, al igual que ella en caso de que le sucediera algo.

Los dos vicepresidentes de la compañía quedaban descartados porque el departamento contable no tenía la posibilidad de transferir fondos de la compañía a otras cuentas.

Tan solo quedaba...

Lia dedicó a Gregorio una mirada de sorpresa.

–¿Sabes de quién sospechaba mi padre?

–Creo que ya has adivinado la respuesta a esa pregunta.

Solo había una respuesta, pero Lia no podía darle crédito.

David no solo había sido el abogado de su padre, si no que también se había prometido con ella. Además, su familia tenía mucho dinero. No entendía qué incentivo podía haber encontrado David en robar dinero de la empresa de su futuro suegro.

No tenía motivos para pensar bien de David después de cómo se había comportado con ella, pero no podía creer que el hombre con el que había estado a punto de casarse fuera capaz de hacer aquello.

Capítulo 5

LIA NEGÓ vehementemente con la cabeza.
–Te equivocas.

Gregorio había estado atento a las emociones que había reflejado el rostro de Lia. Desconcierto. Conmoción. Duda.

–¿Dices eso porque sabes que me equivoco o porque te gustaría que fuera así?

–Admito que David me demostró no ser el hombre que había creído que era cuando acepté casarme con él, pero tampoco es un ladrón. Procede de una familia muy rica. Es socio de uno de los bufetes más prestigiosos de Londres. Su padre es el dueño del bufete.

–¿Y consideras eso una prueba de su inocencia?

–No. Por supuesto que no es una prueba. Pero David no tenía motivos para robar a mi padre –Lia alzó la barbilla con gesto testarudo–. Ya es un hombre rico.

–Según mis fuentes, Richardson tiene un problema con el juego.

–Pues tus fuentes están equivocadas. Salí con David un año y estuve comprometida otros tres meses. David no juega.

–Me temo que sí. Y en exceso. Solo el mes pasado perdió sesenta mil libras en un casino.

Lia frunció el ceño.

–Pero yo nunca le vi jugar. Nunca sospeché nada parecido. ¿Tan equivocada puedo haber estado sobre él?

Gregorio sabía que aquella conversación iba a ser difícil, y por eso la había retrasado lo más posible. Pero una vez hecha la acusación ya no podía retractarse de ella, lo que podía impulsar a Lia a odiarlo aún más.

Estaba seguro de que la FSA acabaría encontrando los fondos desaparecidos en algún paraíso fiscal, pero aquel sería el final de su investigación, porque no tenían jurisdicción en otros países. Pero a Gregorio no le frenaba aquella clase de tecnicismo. Su propio equipo de seguridad había seguido el trayecto del dinero hasta dar con las Empresas Madras, y estaba seguro de que acabarían desenredando la madeja de aquel caso.

Si Richardson estaba implicado, probablemente consideró prudente alejarse de la familia Fairbanks tras la muerte de Jacob, y lo primero que hizo fue romper su compromiso con Lia. Además, Lia ya no era una mujer rica, y él necesitaba una mujer muy rica para poder seguir con su hábito de apostar.

–Fuera quien fuese el responsable, mi padre murió por la tensión a la que fue sometido –dijo Lia con lágrimas en los ojos.

–Pienso llegar al fondo de esto, Lia. Te lo prometo. Y cuando lo haga me ocuparé de que los culpables paguen por lo que hicieron.

–Eso no hará que mi padre vuelva.

–No –fue la escueta respuesta de Gregorio, que era consciente de que no podía decir otra cosa.

Lia ocupó uno de los sillones del cuarto de estar.

–Entonces casi da igual quién fue el culpable, ¿no crees? –dijo mientras apoyaba la cabeza contra el respaldo y cerraba los ojos.

Pero Gregorio quería averiguar la verdad. Si David Richardson era el culpable tendría que pagar por lo que le había hecho a la familia Fairbanks.

–¿Me has contado todo esto para que deje de odiarte?

–Te lo he dicho para que supieras la verdad –replicó Gregorio con cautela.

–Pero también para que no te odie más, ¿verdad?

–¿Es una pregunta con truco? ¿Cavaré mi propia tumba conteste lo que conteste?

–Probablemente –Lia esbozó una sonrisa carente de humor mientras se levantaba–. Creo que ahora deberías irte. La cabeza me está dando vueltas con todo lo que acabas de contarme y necesito prepararme para el trabajo.

Gregorio la miró inquisitivamente.

–¿Vas a estar bien?

–Sí.

A Lia le habría gustado sentirse tan positiva como había tratado de parecerlo con aquel sí. Lo que le acababa de contar Gregorio resultaba como mínimo inquietante. Aún no podía creer que David estuviera implicado en aquello, pero si su padre había descubierto que alguien estaba malversando los fondos de su empresa y se retiró de las negociaciones con las Industrias Fairbanks debido a ello, dudaba mucho que tanto él como Gregorio se hubieran equivocado en sus sospechas.

Acababa de empezar a reorganizar su vida y de pronto volvía a sentirse expuesta y vulnerable. Gregorio le había dado mucha información en la que pensar aquella noche.

Aunque resultara que David fuera inocente, no podía olvidar cómo se había desembarazado de ella tras la muerte de su padre.

Había desconfiado de Gregorio desde el primer momento, pero, al parecer, este no había hecho más que tratar de ayudarla desde el principio.

¿Sería posible que el bueno fuera realmente el malo y el malo el bueno?

—Te acompaño a la puerta —ofreció distraídamente.

Gregorio sabía que no tenía más remedio que aceptar que era hora de irse, de manera que la siguió.

Sabía que Lia tenía mucho que pensar en aquellos momentos, pero él no tenía ninguna duda de que David Richardson estaba implicado en aquello hasta el cuello.

—Gracias.

Parpadeó mientras miraba a Lia, que se había detenido junto a la puerta aún cerrada de su apartamento.

—¿Gracias por qué?

Lia alzó levemente la barbilla.

—Sé que no debe haberte resultado fácil contarme lo que me has contado.

Gregorio respiró profundamente, consciente de que aquello significaba que Lia se fiaba un poco más de él, al menos de momento.

—Eso no significa que te perdone —añadió Lia rápidamente—. Solo que de momento te voy a dar el beneficio de la duda.

Gregorio no pudo contener una sonrisa ante la reticente confianza de Lia

—Con eso me conformo de momento.

—Y haz el favor de retirar a quien sea que me está siguiendo —añadió Lia con firmeza—. Resulta muy incómodo tener a alguien vigilando cada uno de tus movimientos.

Gregorio no pareció satisfecho con aquella petición. Si Richardson llegara a enterarse de que Lia estaba al tanto de su traición, no se sabía cómo reaccionaria.

—Tu padre habría querido que alguien se ocupara de ti.

Lia alzó sus cejas color castaño rojizo.

—Dudo que imaginara que serías tú.

—Es cierto —concedió Gregorio, reacio, y a continuación añadió—. ¿Puedo darte un beso de buenas noches?

Lia no pudo contener una risita.

—¿Cuándo fue la última vez que pediste permiso a una mujer para besarla?

—No lo he hecho nunca.

Lia volvió a reír.

—Por lo menos eres sincero.

—¿Qué respondes?

A pesar de la ligereza del tono de Gregorio, Lia

pudo captar su tensión interior, que se manifestaba en su expresión, en la rigidez de sus hombros, en los puños cerradas a los lados. Podía sentir el calor que emanaba de su poderoso cuerpo y aspirar el aroma de su seductora loción para el afeitado...

–Que sí –se oyó responder.

Gregorio alzó las cejas.

–¿Sí?

Lia esbozó una genuina sonrisa.

–Sí –repitió con más firmeza.

No necesitaba el calor de cualquier ser humano aquella noche, lo quería. Y no el de cualquiera, sino el de Gregorio de la Cruz. Estaba deseando saber lo que sentiría al ser besada por él.

Gregorio se acercó a ella y tomó su rostro entre las manos para mirarla a los ojos antes de reclamar sus labios.

Los suaves labios de Lia se entreabrieron bajo los suyos mientras seguía besándola. Saboreándola. Sorbiéndola. Lia alzó las manos para tomarlo por las muñecas y se puso de puntillas para incrementar la presión de sus labios contra los de él.

Gregorio se sintió como si llevara días o semanas enteras en un estado de continua excitación y, tras haber vuelto a besar a Lia, ya no quería dejar de hacerlo nunca.

La rodeó con los brazos por la cintura y la atrajo hacía sí para hacerle sentir la evidencia de su excitación mientras profundizaba el beso. Deslizó la lengua un momento por sus labios antes de introducirla en la cálida humedad de su boca.

Se sintió como si estuviera dentro de ella, como

si los movimientos de su lengua fueran una parodia de lo que supondría estar entre sus piernas penetrándola.

Gregorio dejó escapar un ronco gemido mientras empezaba a entrar y salir de la boca de Lia con su lengua a la vez que apoyaba las manos en sus glúteos para hacerle sentir la palpitante fuerza de su erección.

Lia deslizó las manos hacia la nuca de Gregorio y las entrelazó en su pelo mientras presionaba el pubis contra él. No le bastaba con aquello; quería más, anhelaba mucho más.

Gregorio apartó sus labios de los de ella para dejar un rastro de besos en la columna de su cuello.

–¿Puedo quedarme? –preguntó con voz estrangulada–. Por favor, Lia, déjame...

–Sí –contestó Lia sin dejarle terminar.

No quería hablar. Deseaba a Gregorio y el placer del que estaba segura que iban a disfrutar juntos.

Hasta entonces David había sido su único amante, y Lia había asumido que su incapacidad para alcanzar el orgasmo era problema de ella, no de él. Supuso que necesitarían tiempo para adaptarse el uno al otro, y que el placer llegaría con la familiaridad física.

Pero le habían bastado unos minutos entre los brazos de Gregorio para sentir que iba a sufrir una combustión espontánea, como si algo en su interior estuviera a punto de liberarse y de llevarla a un lugar en el que no había estado nunca.

–He dicho que sí –repitió con el ceño fruncido mientras Gregorio seguía mirándola atentamente.

—¿Vas a volver a odiarme por la mañana?

—Puede que vuelva a odiarte dentro de un rato, pero ahora mismo lo último que siento es odio. ¿Te importa que no hablemos de esto? —añadió al ver que Gregorio seguía mirándola—. Además, ya sabes que la conversación está sobrevalorada.

La tensión de la expresión de Gregorio dio paso a una sonrisa.

—Está claro que vas a ser una mandona en la cama.

—¡Si no vamos a mi cuarto ya, voy a ser una mandona fuera de la cama!

Gregorio rio con suavidad mientras la tomaba por el trasero y la alzaba del suelo.

—Rodéame con las piernas por la cintura.

—¿Y ahora quién está siendo mandón...?

La respiración de Lia se volvió más agitada cuando Gregorio giró para encaminarse hacia el dormitorio con ella.

—Oh...

Lo rodeó con los brazos por el cuello y enterró el rostro contra su garganta mientras sentía el sensual roce de la intersección de sus muslos contra la excitada entrepierna de Gregorio. Una tras otra, inesperadas, avasalladoras olas de placer recorrieron su cuerpo.

—Esto es tan... oh, Gregorio...

Lia dejó escapar un gritito ahogado cuando la tensión que sentía entre sus piernas se intensificó antes de verse repentinamente liberada en una oleada de abrumador placer que hizo que todo su cuerpo se agitara y temblara contra el de Gregorio.

¡De manera que aquello era lo que se sentía al alcanzar la cima del placer físico!

Aquella conexión por la que hombres y mujeres habían sido capaces de matar a lo largo de la historia.

El orgasmo que acababa de experimentar le había producido un placer con el que nunca había soñado. Puro éxtasis. La había conectado con Gregorio de un modo que jamás había sentido con nadie hasta aquel momento.

No experimentó ni la incomodidad ni la vergüenza que siempre había sentido con David mientras Gregorio entraba en el dormitorio y la tumbaba con delicadeza en la cama antes de sentarse a su lado.

—¿Estás bien? —preguntó mientras alzaba una mano para acariciar la mejilla de Lia.

—Mejor que bien —asintió ella, con la respiración aún agitada.

—¿Quieres la luz encendida o apagada?

—Encendida —Lia se volvió a pulsar el interruptor de la lámpara de la mesilla de noche.

Luego se puso de rodillas para contemplar a Gregorio. Aquel fuerte y musculoso pecho. El tenso abdomen. La longitud de su erección. Aquellas largas y musculosas piernas.

Ya había imaginado que debía parecer un dios de la mitología. Todo carne dorada y duros músculos.

—Arriba los brazos —ordenó antes de quitarle la camiseta para dejar al descubierto su pecho, cubierto de una suave mata de vello oscuro, y sus pezones como monedas de bronce. Los tocó con la punta de un dedo y alzó la mirada al oír que Gregorio contenía la respiración.

–¿Te gusta eso?

–Sí.

Gregorio desconocía cuál era la experiencia sexual de Lia, y no quería saberlo. Cualquier mujer que hubiera conocido antes de ella quedó sumida en el olvido ante la intensidad de lo que estaba sintiendo. Todo su ser estaba totalmente concentrado en aquella mujer. En ver y sentir a Lia.

El orgasmo que había experimentado unos minutos antes lo había tomado por completa sorpresa. Apenas había necesitado tocarla. Solo esperaba que aquella reacción fuera única para él.

Contuvo el aliento de nuevo cuando Lia le rozó los pezones delicadamente con las uñas. Vio que una lenta sonrisa curvaba sus labios al comprobar su reacción. Se habría dejado atormentar horas y horas solo para poder seguir viendo aquella sonrisa en sus labios.

La mirada de Lia se oscureció y sus mejillas se sonrojaron antes de que acercara la boca a uno de los pezones de Gregorio.

–¡Dios! –Gregorio arqueó la espalda cuando Lia deslizó la lengua por uno de sus sensibilizados pezones. Cuando lo tomó entre sus labios y comenzó a succionarlo, él cerró los ojos y enterró los dedos en su pelirroja cabellera.

Lo que le estaba haciendo Lia hizo que todo su cuerpo se estremeciera y palpitara.

Lia alzó la cabeza para sonreírle antes de empezar a desabrocharle la bragueta de los vaqueros. Gregorio suspiró de alivio al ver liberada la tensión de su erección, pero volvió a quedarse sin aliento cuando Lia apoyó la mano sobre esta, contorneada por sus boxers negros.

—Quiero sentir tus labios y tus manos en mi carne desnuda —dijo roncamente—. Por favor... —añadió mientras terminaba de quitarse los pantalones y los boxers.

Lia tragó saliva ante la visión del cuerpo desnudo de Gregorio. Se humedeció los labios con la punta de la lengua.

—Eres.... ¡Oh, no! —exclamó al escuchar con un sobresalto el intrusivo y molesto timbre de la puerta—. Oh, no... —repitió a la vez que apoyaba la frente contra el pecho de Gregorio.

—Ignóralo...

Un segundo timbrazo, más prolongado que el primero, interrumpió a Gregorio.

—Probablemente sea uno de los vecinos, que viene a saludar a la nueva inquilina —Lia suspiró mientras salía de la cama.

—Esa no ha sido nunca mi experiencia —Gregorio frunció el ceño.

—Tal vez porque vives en un hotel. Tengo que salir —dijo Lia mientras se alisaba rápidamente la ropa—. Quédate exactamente dónde y como estás —ordenó antes de salir.

—Sí, señorita.

El timbre sonó por tercera vez y Lia fue a abrir.

—¡Oh, gracias a Dios! —exclamó una aliviada Cathy, que se hallaba junto a su marido Rick tras la puerta–. Estaba muy preocupada por ti –añadió antes de abrazar a Lia.

–Estoy bien –aseguró Lia mientras se devanaba los sesos tratando de pensar rápidamente qué hacer.

–Parecías tan deprimida durante la comida que le he pedido a Rick que me acompañara para comprobar si estabas bien.

–Estoy bien, en serio –repitió Lia distraídamente.

Después de aquello no podía librarse de invitar a Cathy y a Rick a pasar. Pero tampoco podía tener a Gregorio toda la tarde escondido en el dormitorio.

–Pareces un poco acalorada –Cathy la miró con preocupación–. Espero que no te hayas enfriado.

–Er... Cat... –dijo Rick junto a ella.

–O puede que sea la gripe –continuó Cathy–. Hay mucha en estos momentos y...

–¡Cat!

Cathy se volvió hacia su marido con gesto impaciente.

–¿Qué pasa, Rick?

Lia notó que Rick ignoraba a su esposa y seguía mirando por encima de su cabeza. No necesitó volverse para saber que Gregorio había salido del dormitorio y estaba tras ella.

¡Solo esperaba que se hubiera vestido!

Capítulo 6

TAL VEZ debería presentarme.

Un Gregorio completamente vestido miró a Lia mientras los cuatro permanecían de pie en la sala.

—Bien —fue todo lo que consiguió decir Lia.

—Sé exactamente quién es, señor De la Cruz —dijo Cathy—. Nosotros somos Rick y Cathy Morton, amigos de Lia.

Lia se movió inquieta al sentir la mirada de censura que le dirigió su amiga, consciente de que iba a tener que dar muchas explicaciones cuando Gregorio se fuera.

Se sentía mal por no haber hablado a Cathy de la anterior visita de Gregorio y por no haberle contado que trabajaba para él. Pero ya que había decidido que iba a evitarlo todo lo posible en el futuro, consideró innecesario contárselo a su amiga. Sabía que Cathy iba a ponerla de vuelta y media cuando hablaran.

—Recuerdo haberos visto con Lia en el funeral de su padre —contestó Gregorio mientras estrechaban las manos—. Pero llamadme Gregorio, por favor.

Una vez terminadas las presentaciones, todos permanecieron en un incómodo silencio.

–Vino –logró decir Lia finalmente–. Tomemos una copa de vino. Tengo tinto y blanco. ¿Cuál preferís? El blanco es seco y el tinto afrutado.

Una vez recuperada la voz, Lia no parecía capaz de parar, pero tampoco se animaba a mirar a sus amigos ni a Gregorio.

Se sentía tan tonta como una niña a la que acabaran de pillar en una mentira.

–Siéntate a charlar con tus amigos mientras yo sirvo el vino –dijo Gregorio, consciente de que el tópico de conversación sería él.

–Yo te ayudo –se ofreció rápidamente Rick mientras lo seguía.

–Cathy...

–Parece conocer muy bien la casa –dijo Cathy cuando se sentaron, mientras Gregorio se ocupaba de abrir la botella en el otro extremo de la sala.

–Cathy... –intentó de nuevo Lia.

–Tengo que decir que supone una mejora respecto al anterior –murmuró Cathy con evidente aprecio.

Lia abrió los ojos de par en par.

–¿No te gustaba David?

–Tú lo elegiste, así que claro que me gustaba –Cathy se encogió de hombros–. Pero lo cierto es que no me gustaba. Resultaba demasiado condescendiente –añadió con una mueca.

Al recordar las ocasiones en que habían estado juntos, Lia pensó que era cierto que David solía dirigirse a sus amigos con cierto desapego, como si no pertenecieran a su nivel social. Aquello le hizo preguntarse qué más habría pasado por alto respecto a David. Lo que estaba claro era que este no le había dado su apoyo tras la muerte de su padre.

A diferencia de Gregorio. Resultaba muy agradable y tranquilizador saber que alguien se preocupaba lo suficiente por ella como para tratar de cuidarla.

Se mordió el labio inferior.

—Respecto a Gregorio...

—No te preocupes, cariño —Cathy se inclinó para estrechar el brazo de su amiga en un gesto de apoyo—. Es una sorpresa, pero nada desagradable. La verdad es que está como un tren —añadió en voz baja.

Lia volvió la mirada hacia Gregorio y Rick, que charlaban mientras servían el vino.

—Es cierto —reconoció con suavidad.

—Esta tarde no parece tan frío y distante.

Lia era muy consiente de que no acababa de mostrarse precisamente frío y distante con ella en el dormitorio. Recordarlo hizo que sus mejillas se cubrieran de rubor.

Cathy asintió con una sonrisa cómplice.

—¿Quieres que nos vayamos en cuanto hayamos tomado el vino?

—¡No! Quiero decir... no —añadió Lia con más suavidad mientras los dos hombres se volvían con curiosidad ante la vehemencia con que había hablado—. Puede que necesite que me salven de mí misma —susurró—. Ni siquiera sé en qué estaba pensando. Es tan...

—¿Abrumadoramente sexy? —concluyó Cathy por ella.

Lia se limitó a asentir abiertamente.

—Aquí estamos —anunció Rick animadamente

mientras se encaminaba hacia ellas con dos copas de vino– ¿Y qué teníais planeado para esta tarde? –añadió. Al ver que su esposa casi se atraganta al tomar un sorbo de vino, le palmeó la espalda, desconcertado–. ¿Qué he dicho?

–No pasa nada, cariño –dijo Cathy en cuanto recuperó el aliento–. Después de tomar el vino podemos pasar por el chino para llevarnos algo de comer a casa.

–Lia y yo ya hemos comido, pero podemos pedir que traigan algo de comer aquí –sugirió Gregorio con ligereza–. Y si no podemos ir a algún sitio a beber algo mientras vosotros coméis.

Lia volvió lentamente la cabeza para mirarlo. ¿Quién era aquel hombre y qué había hecho con el frío y arrogante Gregorio de la Cruz? Porque aquel no parecía el implacable hombre de negocios capaz de engullir empresas con la voracidad de un tiburón, ni el playboy que aparecía casi semanalmente fotografiado en la prensa, en cada ocasión con una rubia distinta del brazo.

–De acuerdo, esto ya está siendo demasiado –dijo Lia con decisión. Aunque la visita de Cathy y Rick hubiera supuesto una auténtica conmoción, se estaba recuperando rápidamente. Y no pensaba dejar correr las cosas hasta el punto de permitir que los cuatro acabaran pasando allí la tarde.

–Cathy y Rick son demasiado educados para decirlo, pero no quieren pasar el resto de la tarde con nosotros...

–No pongas en mi boca cosas que no he dicho –protestó Cathy.

–En estos momentos los dos están alucinando –continuó Lia–. Yo estoy alucinando, así que sé que ellos también –miró a Gregorio con el ceño fruncido–. Tú y yo no somos pareja, y no vamos a salir a pasar la tarde con nadie, y menos aún con mis dos mejores amigos. Lo que ha sucedido antes... no debería haber sucedido.

–Creo que eres tú la que está avergonzando a sus amigos –Gregorio parecía haber recuperado en aquel instante la arrogancia de la que hizo gala en el funeral del padre de Lia.

–De eso nada –dijo Cathy a la vez que se levantaba–. Además, ya tenemos que irnos ¿verdad, Rick?

–¿Qué? Oh, sí. Lo siento –Rick se puso rápidamente en pie y su esposa le quitó la copa de vino de la mano para dejarla en una mesa cercana.

–Te llamo mañana, Lia –Cathy abrazó a Lia y hizo una asentimiento de cabeza en dirección a Gregorio–. Ha sido un placer conocerte. Di buenas noches, Rick –instruyó.

Su marido aún parecía un poco aturdido por la velocidad de su marcha.

–Buenas noches, Rick –repitió mientras su esposa tiraba de él hacia la puerta.

Un segundo después el apartamento quedó en completo silencio. Un silencio frío y e incómodo que hizo que Lia se estremeciera.

–Tu mala educación ha estado totalmente fuera de lugar –dijo finalmente Gregorio.

Lia alzó la barbilla con gesto beligerante.

–No. No lo ha estado. No sé exactamente qué ha

pasado entre nosotros hace un rato, pero no va a volver a pasar. No pienso permitirlo. Y no estaba dispuesta a acabar pasando la tarde con mis amigos como si tú y yo estuviéramos juntos.

Gregorio estaba teniendo que hacer verdaderos esfuerzos para controlar su genio. Siempre lo lograba, pero nunca se había encontrado con nadie tan testarudo como Lia.

No estaba acostumbrado a relacionarse con los amigos o la familia de las mujeres con las que salía, pero había llegado a creer que lo estaba haciendo bastante bien. Se había mostrado encantador con Cathy e incluso había hablado de fútbol con su marido mientras servían el vino. Le había parecido completamente lógico sugerir que salieran a tomar algo.

Pero la vehemente negativa de Lia había sido inmediata. Y, para su sorpresa, sus palabras le habían dolido.

—Lo que ha pasado antes entre nosotros es que me has utilizado para el sexo —dijo con toda la frialdad que pudo—. Y me alegra haber podido ofrecerte al menos un orgasmo antes de que nos interrumpieran.

Lia se quedó lívida al escucharlo.

—¡Eres un miserable!

Gregorio se encogió de hombros.

—Eres tú la que se ha tomado la molestia de explicar lo que hay entre nosotros, y tan solo estoy diciendo que estoy de acuerdo. ¿Por qué no me llamas la próxima vez que quieras sexo? Si estoy libre... No, creo que no —Gregorio sujetó a Lia por la muñeca justo cuando esta iba a darle una bofetada. Tiró de ella y la retuvo contra sí–. La última vez que hiciste eso te advertí de que no permitiría que volvieras a hacerlo sin corresponderte.

–Debería haber supuesto que eras la clase de hombre capaz de pegar a una mujer –esperó Lia con todo el desprecio que pudo.

–Cualquier hombre que pega a una mujer pierde el derecho a ser llamado hombre –replicó él–. Te aseguro que mis represalias serán de una clase muy distinta.

Lia tragó saliva. La amenaza de Gregorio resultó aún más inquietante por la calma con que la había proferido.

–Suéltame.

Gregorio alzó una de sus oscuras cejas.

–¿Vas a intentar abofetearme de nuevo?

–No.

–Es una lástima –Gregorio descubrió sus dientes en una sonrisa totalmente carente de humor–. Creo que habría disfrutado castigándote. Puede que aún lo haga.

–¿Castigarme?

–No pareces alguien a quien le guste perder el control, ¿verdad?

Las palabras de Gregorio sonaron más a afirmación que a pregunta.

–Tú tampoco –se defendió Lia.

–No recuerdo haber puesto objeciones antes mientras me hacías el amor.

Lia no pudo evitar ruborizarse al recordar lo sucedido. Y aquel era otro de los motivos por los que no iba a permitirse volver a estar a solas con Gregorio. Aquel hombre la afectaba como nunca la había afectado ningún otro. El mero hecho de estar cerca de él la excitaba tanto como la inquietaba. Porque ni siguiera estaba segura de que Gregorio le gustara.

—Creo que deberías irte —dijo con toda la calma que pudo.

Gregorio le había dado demasiado en que pensar, no solo por lo sucedido entre ellos, sino también por lo que le había contado sobre David.

Fueran cuales fuesen sus sentimientos hacia Gregorio, sabía con certeza que no era un mentiroso. De hecho, tendía a ser brutalmente honesto.

Lia sabía que tendría que volver a ver a David para hablar con él, para averiguar si era cierto que tenía un problema de adicción al juego, como había dicho Gregorio. Para averiguar qué papel había jugado en la caída de las Industrias Fairbanks.

Capítulo 7

ESTO no forma parte de mis obligaciones laborales.

Gregorio miró a Lia con una ceja alzada. Se hallaba en el umbral de la puerta de su despacho.

—Mi secretario ha llamado diciendo que está enfermo. No estoy seguro de que te convenga negarte a ayudar a tu jefe el segundo día de tu trabajo.

Lia tampoco estaba segura de ello. Pero tampoco creía que aquello fuera una coincidencia, aunque no había duda de que Gregorio parecía realmente ocupado trabajando.

Tras una noche en la que apenas había pegado ojo, Lia había decidido apartar de su cabeza lo sucedido y enfocar el nuevo día como un nuevo comienzo. Pero le resultó imposible, porque la primera llamada que recibió fue de su amiga Cathy, que se moría por enterarse de todos los detalles de su relación con Gregorio.

Lia le había asegurado que en realidad no tenía idea de lo que había sucedido. Pero lo que sí tenía claro era que no pensaba permitir que Gregorio volviera a acercarse tanto a ella.

Tras ducharse y desayunar acudió al trabajo, consciente de que Gregorio podría aparecer en cualquier momento para desmoronar el frágil muro de confianza que había logrado erigir a su alrededor para defenderse de su presencia.

¡Y el hecho de que Michael Harrington la hubiera enviado al despacho del señor De la Cruz pocos minutos después de haber llegado a su trabajo al Hotel Exemplar no había servido precisamente para estimular su seguridad en sí misma!

—¿Es a esto a lo que te referías cuando hablaste de castigarme?

Gregorio entrecerró los ojos y apoyó la espalda contra el respaldo del asiento. Lia volvía a vestir un traje negro con una camisa color crema, el uniforme de todas las recepcionistas y los recepcionistas del hotel. Llevaba el pelo austeramente sujeto en lo alto de la cabeza con un moño, estilo que no agradaba a Gregorio, sobre todo porque ocultaba la gran variedad de tonos rojizos de su pelo.

—¿Consideras un castigo ayudar a tu jefe?

—Eso depende de lo que quieras que haga.

—Quiero el historial y la contabilidad de algunas empresas en las que estoy interesado.

Lia no ocultó su sorpresa.

—¿Y qué te hace pensar que sé algo de eso?

Gregorio sonrió.

—Tu padre me contó que solías ayudarlo cuando trabajaba en casa por las tardes.

Lia se quedó momentáneamente muda al escuchar aquello.

—¿Mi padre te contó eso?

—Jacob y yo nos reunimos en varias ocasiones. Cuando terminábamos de hablar de negocios la conversación solía girar invariablemente en torno a ti –Gregorio se levantó y rodeó su escritorio–. Estaba muy orgulloso de ti.

Lia no supo qué decir. Tuvo que parpadear con fuerza para evitar que las lágrimas que habían acudido a sus ojos se derramaran.

–Te agradecería que te limitaras a decirme qué puedo hacer para ayudarte.

Gregorio tuvo que reprimir la que habría sido su inmediata respuesta, que habría sido «ponte de rodillas y alíviame de la dolorosa erección que me ha tenido despierto toda la noche». Pero estaba seguro de que Lia no se estaba refiriendo a aquella clase de ayuda.

–Los archivos que necesitas están en el escritorio de Tim –dijo Gregorio, que tuvo que esforzarse para que su mirada dejara de verse atraída como un imán por los pechos de Lia, cuya parte superior resultaba visible a través de los dos botones sueltos de su blusa.

Si, como había sugerido ella, lo que estaba haciendo era para castigarla, aunque fuera cierto que su secretario hubiera llamado aquella mañana para decir que estaba enfermo, debía reconocer que el tiro le había salido por la culata.

Según fueron pasando las horas, y a pesar de tenerla sentada a varios metros de él, el perfume de Lia no dejó de invadir sus sentidos, y sus gestos de atraer su atención, especialmente cuando estiraba la espalda y arqueaba el cuello para liberarlo de tensión.

–Hoy tengo previsto un almuerzo temprano –anunció Lia de forma inesperada un rato después.

Gregorio frunció el ceño.

—¿Qué?

—He pedido permiso a Michael para tomarme el descanso más temprano —Lia miró su reloj—. Tengo una cita a las doce.

—¿Con quién? —preguntó Gregorio, sin dar tiempo a que su cerebro conectara con su boca—. Aún tenemos trabajo que sacar adelante.

—Tengo derecho a mi descanso —dijo Lia razonablemente—. Me aseguraré de terminar todo cuando vuelva.

Gregorio tuvo que reprimir su frustración. Quería decirle a Lia que no podía irse, que era importante terminar el trabajo y que él se ocuparía de hacer que les subieran el almuerzo.

¡Pero lo que de verdad quería saber era con quién estaba citada!

—Saluda a Cathy de mi parte —dijo a modo de prueba.

La sonrisa de Lia resultó realmente enigmática.

—No he quedado con ella, pero me aseguraré de trasladarle tu saludo en cuanto la vea.

Demasiado inquieto como para permanecer sentado, Gregorio se levantó de su asiento.

—¿Vas a algún sitio agradable?

Lia se encogió de hombros.

—A un pequeño restaurante italiano que hay cerca de aquí.

Gregorio creía conocer el lugar, regentado por una pareja italiana. La comida era buena y los precios razonables, algo que sin duda debía estar teniendo en cuenta Lia dadas sus circunstancias.

–Podría pedir que nos trajeran aquí la tarta de chocolate de Mancini –sugirió tentadoramente.

Lia sonrió con aire compungido.

–Me conformo con la selección de tartas del restaurante.

–¿Vas allí a menudo?

–Solía hacerlo en el pasado –respondió Lia con cautela.

–¿Con David Richardson?

Lía frunció el ceño.

–Puede que seas mi jefe, pero no creo que sea asunto tuyo con quién almuerzo o dónde.

Por supuesto que no lo era, y Gregorio era consciente de que sus preguntas estaban siendo intrusivas. Su secretario Tim llevaba dos años trabajando para él y Gregorio no había sentido nunca el más mínimo interés por su vida privada.

Pero Lia no era solo su empleada.

También era la mujer que Gregorio deseaba, y la deseaba más cuanto más estaba en su compañía.

Lo que significaba que había llegado la hora de llamar a una de las mujeres con las que había salido ocasionalmente en el pasado. Una tarde en la cama con otra le serviría para aliviar su frustración física.

Tras haber tomado aquella decisión, Gregorio aún se encontraba en su despacho quince minutos después, esperando la llamada de su equipo de seguridad para que le informaran sobre la cita de Lia.

Lia no sabía cómo se sentiría al volver a ver a David por primera vez desde que rompieron su compromiso.

Su primer pensamiento cuando lo vio entrando en el restaurante fue que tenía un aspecto distinto al que recordaba. ¿O tal vez se debería a que lo estaba mirando desde otra perspectiva? ¿A través de unos lentes menos rosas? A fin de cuentas, en otra época se creyó enamorada de él.

Qué diferencia podían suponer tres meses... Y qué diferencia podía suponer una sola tarde. David destrozó todas las ilusiones que tenía sobre él cuando la abandonó y la dejó a merced de los lobos de la prensa.

A pesar de conservar su aspecto de modelo, su pelo rubio como el maíz y sus ojos azules como un cielo de verano, notó que su forma de avanzar hacia ella era menos firme que de costumbre, y que parecía nervioso.

Cuando Lia lo había llamado, David había tratado de evitar el encuentro, y solo aceptó cuando ella le dijo que entre los papeles de su padre había encontrado algo que podría interesarlo. No era cierto, por supuesto, pero el hecho de que David hubiera aceptado el encuentro debido a la mención de aquellos papeles había llenado de recelo a Lia. ¿Serían ciertas las cosas que le había contado Gregorio sobre él?

—Tienes buen aspecto —dijo David, pero no hizo ningún movimiento para tocarla o besarla antes de sentarse.

Lia no devolvió el cumplido. Sobre todo porque no era cierto.

—Estoy bien, gracias —replicó con fría formalidad.

David esperó a que el camarero les sirviera lo que habían pedido de beber.

–¿Sigues viviendo con los Morton?

–No. Ahora tengo un apartamento en la ciudad y un trabajo.

–¿Un trabajo con un sueldo de verdad o una de esas obras benéficas con las que colaboras?

Lia comprendió que Cathy tenía razón. David resultaba condescendiente.

Le habría gustado borrar su burlona sonrisa de una bofetada.

–Trabajo de recepcionista en un hotel.

David asintió lentamente.

–Cómo caen los poderosos –murmuró en tono despectivo.

Lia se sintió de pronto como una idiota por no haber captado la verdadera naturaleza de David hasta aquel momento. No había duda de que este se había dedicado a ocultar las peores partes de su personalidad mientras salían y durante su breve compromiso. Siempre se había creído buena juzgando el carácter de la gente, pero estaba claro que no era así.

¿Se habría equivocado también al considerar a Gregorio el malo de todo aquello?

Ya tenía dudas respecto a aquello, pero después de ver a David estaba convencida de ello.

Aunque no sabía qué iba a hacer al respecto. Gregorio era... abrumador, y no pretendía hacer ningún secreto de su deseo por ella.

Y lo cierto era que la tarde anterior se había comportado de un modo muy amistoso con Cathy y Rick. Era ella la que había sido grosera con él. Y delante de sus amigos. No era de extrañar que Gregorio se hubiera enfadado.

Lo cierto era que le debía una disculpa.

—¿Lia?

Lia entrecerró los ojos.

—¿Me amaste alguna vez o me estuviste utilizando desde el principio?

David pareció desconcertado por aquel ataque tan directo.

—Deduzco que ya hemos pasado la fase de los cumplidos...

—Desde luego. Responde a mi pregunta. ¿Me utilizaste desde el principio?

David frunció el ceño.

—Solo he aceptado verte porque has mencionado unos papeles que podrían interesarme. Supongo que esos papeles no existen, ¿no?

—No.

—Maldita sea —masculló David—. No tengo intención de ponerme a repasar la historia antigua.

—Solo han pasado unos meses, David. No creo que eso pueda llámate historia antigua.

David se inclinó hacia ella.

—No me hace ninguna gracia que me estés hablando en ese tono.

—¡Y a mí no me ha hecho ninguna gracia averiguar que estuve a punto de casarme con un ludópata!

David se echó atrás en el asiento con expresión conmocionada.

—No sé de qué está hablando.

Pero claro que lo sabía, comprendió Lia. La verdad estaba escrita en su cautelosa expresión, en la repentina palidez de su rostro.

–Dejémonos de jueguecitos, David. Tus padres no pueden estar al tanto de tu hábito, o de lo contrario habrían hecho algo para ayudarte.

A Lia siempre le habían gustado los padres de David, y sabía que se llevarían un terrible disgusto cuando averiguaran la verdad sobre su hijo.

–¿Me estás amenazando? –preguntó David con expresión de animal acorralado.

–En absoluto. Solo estoy pensando en el disgusto que se llevarían tus padres si se enteraran.

–¡Mantente alejada de mis padres!

–Eso tengo intención de hacer. Oh, y por cierto –Lia rebuscó en su bolso y sacó una cajita con el anillo de bodas que había pertenecido a la abuela de David–. Puede que quieras regalárselo a la próxima incauta. O podrías venderlo para pagar tus deudas de juego. Pero no te hace falta, ¿verdad? –añadió con dureza–. No teniendo todo el dinero que robaste a mi padre...

–Tú no... yo no... no puedes saber... –la palidez del rostro de David adquirió un matiz grisáceo.

–Lo sé. Hiciste exactamente lo que he dicho. No tengo todas las pruebas que necesito para demostrarlo, pero te aseguro que las tendré –aseguró Lia con vehemencia.

–Lo dudo mucho –replicó David, que apenas tardó un segundo en recuperar su actitud despectiva–. Ya no eres la hija del poderoso Jacob Fairbanks. Ahora eres solo Lia Fairbanks, una mujer que tiene que trabajar para vivir. Tienes tanto poder e influencia como un perro desdentado.

–Eres...

–Siento haberme retrasado, Lia.

Lia reconoció de inmediato la voz de Gregorio. Se volvió a mirarlo cuando se sentó junto a ella. Gregorio la sorprendió inclinándose para besarla con ligereza en los labios. Luego miró al hombre que se hallaba al otro lado de la mesa.

–Richardson –dijo David con un seco asentimiento de cabeza.

Si Lia estaba sorprendida por la repentina aparición de Gregorio, David estaba directamente anonadado.

Gregorio se volvió a mirar a Lia con una ceja alzada.

–¿Has dicho algo para disgustar a tu exprometido? –mientras hacía la pregunta tomó la cajita con el anillo y la abrió–. No me extraña que le hayas devuelto el anillo. No te va en absoluto. Prefiero sin ninguna duda el diamante amarillo que he elegido para ti.

¿El anillo que había elegido para ella?

¿Un diamante amarillo?

Lia solo había oído hablar de los diamantes amarillos. Eran tan especiales que reputados joyeros ni siquiera habían logrado ver uno en su vida.

Gregorio la sorprendió tomándola de la mano para llevársela a los labios y besarla.

–Te va a sentar de maravilla.

–¿Qué...? Tú... tú.... ¿Estáis comprometidos? –balbuceó David.

Lia estaba demasiado sorprendida como para hablar. Gregorio parecía estar queriendo dar la impresión de que estaban... de que estaban...

–Sí, lo estamos –replicó Gregorio retadoramente–. ¿Habéis pedido ya la comida? –continuó como si nada–. Esta mañana tengo mucho apetito.

A pesar de su tono desenfadado, Lia supo que estaba enfadado. Furiosamente enfadado.

¿Con ella? ¿Por haber quedado con David?

No había tenido ninguna intención de mantener en secreto con quién iba a reunirse. No habría tenido sentido ocultarlo, ya que sabía que siempre la seguía alguno de los guardaespaldas de Gregorio. Pero lo que sí resultaba sorprendente era que este se hubiera presentado allí.

Y los más sorprendente de todo era que estuviera dando la impresión intencionada de que salían juntos.

¿De qué iba todo aquello?

¿Acaso temía Gregorio que David pudiera ponerse físicamente violento con ella? ¿Sería aquel el motivo por el que le había asignado uno de sus guardaespaldas? La idea de que David pudiera ponerse violento con ella resultaba ridícula, aunque el brillo de su mirada cuando se había sentido amenazado por el comentario que había hecho ella sobre sus padres podía ser un indicio de que estaba equivocada.

Probablemente David sí sería capaz de hacerle daño, y era evidente que Gregorio había decidido no correr riesgos.

El afán de protección de Gregorio resultó realmente... No exactamente dulce, porque Gregorio era el hombre menos dulce que Lia había conocido en su vida. Pero su preocupación por ella le produjo una extraña sensación de calidez interior.

—Aún no hemos pedido la comida —dijo con una sonrisa—. Pero no estoy segura de que David vaya a quedarse.

Su exprometido seguía mirando a Gregorio y a sus manos unidas como si acabara de ver un fantasma. ¿O sería su propia perdición lo que estaba viendo?

David agitó la cabeza antes de contestar.

—Tienes razón. Debo volver al despacho.

—No olvides llevarte esto —Gregorio tomó la cajita para dársela, pero la retuvo antes de soltarla—. Mantente alejado de Lia en el futuro, Richardson —murmuró con amenazadora suavidad—. Si vuelvo a verte cerca de ella no volveré a mostrarme tan comprensivo.

David manifestó su irritación ruborizándose.

—Ha sido ella la que ha querido verme.

—Lia siempre trata de ver el lado bueno de las personas, pero yo no tengo esa costumbre.

David alzó la barbilla con gesto retador.

—No me asustas.

—No tengo intención de asustarte —dijo Gregorio a la vez que soltaba finalmente la cajita—. Pero ellos sí, y lo harán si lo considero necesario —añadió a la vez que hacía un gesto con la cabeza en dirección a la salida.

Lia tuvo que reprimir una risa al ver la expresión de David cuando se fijó en los enormes guardaespaldas que esperaban fuera.

Sin decir una palabra más, se guardó la cajita en un bolsillo, giró sobre sus talones y salió del restaurante.

Lia miró disimuladamente a Gregorio por detrás de sus pestañas. Sentía su tensión, la veía en la rigidez de sus hombros, en sus ojos entrecerrados.

Respiró profundamente antes de hablar.

—Pensaba que...

—No has pensado en absoluto —la interrumpió Gregorio—. Si lo hubieras hecho no se te habría ocurrido concertar una cita con Richardson a solas.

—Yo...

—No se te ocurra volver a desafiarme de este modo, Lia. ¿Me has comprendido?

—Pero... —Lia se interrumpió cuando una camarera se acercó a la mesa.

—No nos quedamos —dijo Gregorio con brusquedad a la vez que sacaba su cartera y se levantaba. Entregó un billete a la camarera y luego tomó la mano de Lia para que se levantara.

—¿Adónde vamos? —preguntó ella sin aliento mientras Gregorio se encaminaba hacia la salida.

—A algún lugar en el que podamos hablar a solas.

A Lia no le gustó cómo sonó aquello.

No le gustó nada.

Capítulo 8

QUIERES hacer el favor de ir más despacio? –protestó Lia mientras Gregorio avanzaba por la acera con ella agarrada del brazo. Los guardaespaldas los seguían discretamente a unos metros.

La expresión de Gregorio era determinada, casi peligrosa.

–Gregorio...

–Preferiría que ahora mismo no me hablaras –espetó él sin mirarla.

–Pero...

–¿Es que nunca haces lo que se te dice? –Gregorio se volvió a mirarla sin soltarla del brazo–. ¿Tienes idea del peligro que has corrido reuniéndote con David a solas?

–No puede decirse que estuviera sola porque, como de costumbre, uno de tus guardaespaldas me ha seguido. Además, David nunca... –Lia se interrumpió, consciente de que el hombre al que acababa de ver no era el que logró conquistarla con sus encantos, sino una especie de animal acorralado, salvaje, dispuesto a atacar sin advertencia.

Gregorio la miró desdeñosamente.

–No trates de convencerme de algo que ni tú te crees.

Lia se ruborizó.

–Eso no es cierto...

–¿Aún sientes algo por ese tipo? –espetó Gregorio, asqueado–. ¿No quieres creer que está implicado porque aún sigues enamorada de él?

–¡No! ¡Claro que no!

–Entonces, ¿por qué te has reunido con él? Teniendo en cuenta las sospechas que hay sobre él...

–¡Porque necesitaba comprobar por mí misma si David es realmente capaz de hacer lo que sospechas que ha hecho!

–¿Y?

Lia se estremeció antes de contestar.

Es más que capaz. De hecho, estaba a punto de dejarlo plantado en el restaurante cuando has llegado y has empezado a comportarte como un cavernícola.

–Considero que mi comportamiento ha sido muy comedido –aseguró Gregorio, tenso.

–¿Y todas esas tonterías que has dicho sobre el anillo de compromiso? –dijo Lia sin ocultar su desagrado.

Gregorio sintió que se le acaloraban las mejillas.

–Ha sido mi forma de hacer ver a Richardson que no estás sola en el mundo, por mucho que él crea lo contrario.

–¿Y para eso has tenido que decirle que estamos comprometidos?

–Ha funcionado, ¿no?

–¿Y si decide hablar con alguien sobre nuestro

supuesto compromiso? ¿A la prensa, por ejemplo?
–preguntó Lia retadoramente–. ¿Se te ha ocurrido
pensar en eso?

Por supuesto que Gregorio no había pensado en
aquello. Su único objetivo había sido proteger a
Lia...

¿Pero estaba siendo realmente sincero consigo
mismo?

Enterarse de que Lia estaba con Richardson le
había provocado una intensa rabia. Y verla en su
compañía había puesto en su mente un solo pensamiento: librarse de él.

Y una sola palabra.

«Mía».

Lo supiera o no, Lia era suya.

Y tal vez ya era hora de que se fuese enterando.

–¡Gregorio! –protestó Lia al ver que no le contestaba y se limitaba a tirar de ella con expresión
resuelta.

Lia no sabía si fiarse de aquella expresión. Y se
sintió aún menos segura cuando entraron en el hotel
por el aparcamiento, donde se hallaba uno de los
ascensores que llevaban a la planta superior.

Mientras subían en el ascensor notó la tensión
que irradiaba de Gregorio. Ni siquiera la miró y su
dura expresión decía que en aquellos momentos era
el implacable y arrogante Gregorio de la Cruz.

–Creo que te debo una disculpa por cómo me
comporté ayer contigo...

Sus palabras fueron bruscamente interrumpidas
por Gregorio cuando la presionó de espaldas contra
una de las paredes del ascensor y le sujetó ambas

muñecas con una mano por encima de la cabeza antes de reclamar fieramente sus labios.

Su cuerpo quedó íntimamente presionado contra el de Lia, permitiéndole sentir lo excitado que estaba. Y ella fue muy consciente de la respuesta de su propio cuerpo.

Le devolvió el beso con todas las emociones acumuladas durante aquellos días y entreabrió los labios para permitirle reclamar con la lengua el calor de su boca. Posesivamente. El conquistador con su cautiva.

Le encantó.

¿Se estaría enamorando de él?

Era demasiado pronto para saberlo con certeza. Además, en aquellos momentos solo quería devorarlo como él la estaba devorando a ella.

Ninguno de los dos pareció notar que el ascensor se había detenido y las puertas se habían abierto... hasta que se cerraron y empezaron a bajar de nuevo.

—¡Dios mío! —reacio, Gregorio apartó sus labios de los de Lia y apoyó la frente contra la suya.

—Me estás volviendo tan loco que nos arriesgamos a pasar el resto del día atascados en el ascensor.

Lia rio con suavidad.

—¡Yo preferiría pasarlo en la cama!

—Yo también.

Lia sonrió burlonamente.

—¿Solo eso? «¿Yo también?»

Gregorio hizo una mueca.

—Como tú dijiste, hablar no es lo nuestro. No quiero estropear el momento como obviamente lo estropeé ayer por la tarde.

Lia se puso seria.

—Eso fue culpa mía. Me puse a la defensiva tras la llegada de Cathy y Rick. Pero no debería haberte hablado como lo hice —se humedeció los labios con la punta de la lengua antes de añadir—. Tú también me vuelves loca, Gregorio.

—Yo...

Gregorio volvió el rostro cuando el ascensor se detuvo y las puertas se abrieron. Unos sorprendidos Silvio y Raphael esperaban fuera.

—Haced el favor de informar al señor Harrington de que la señorita Fairbanks va a pasar el resto del día en mi suite —dijo sin apartarse de Lia antes de volver al pulsar el botón.

Lia dejó escapar una risita mientras comenzaban su segunda ascensión.

Pero su confianza perdió fuerza cuando entraron en la suite de Gregorio. Este era diez años mayor que ella y tenía mucha más experiencia. Había tenido docenas de amantes, mientras que ella solo había tenido uno... y no muy satisfactorio. David siempre se había asegurado de obtener su propio placer, pero, ¿y si no lograba satisfacer a Gregorio? ¿Y si...?

—Piensas demasiado —Gregorio alzó una mano para apartar un mechón de pelo de la frente de Lia—. Primero vamos a tomar una ducha juntos.

Lia experimentó un intenso revoloteo de mariposas en el estómago. Había visto fotos de las mujeres con que solía salir Gregorio y, aunque ella cuidaba su cuerpo, sabía que el suyo no llegaba a la altura de aquellas mujeres rubias delgadas como modelos.

Ella tenía demasiadas curvas, unos pechos demasiado grandes para su estrecha cintura...

–Sigues pensando demasiado –murmuró Gregorio frente a ella cuando ya estaban en el baño–. Eres preciosa, Lia –añadió antes de reclamar sus labios.

Lia estaba tan inmersa en sus sensaciones que apenas se dio cuenta de que Gregorio le había quitado la chaqueta y estaba empezando a desnudarla.

Sus mejillas se cubrieron de rubor cuando se apartó para mirarla, haciéndole dolorosamente consciente de que tan solo llevaba puesto un sujetador color crema, unas braguitas a juego, liguero y medias. Y, por algún inexplicable motivo, ¡aún llevaba los tacones puestos!

Se preguntó qué estaría pensando Gregorio mientras la miraba. Sus ojos se oscurecieron visiblemente mientras la contemplaba de arriba abajo con sus ridículos zapatos de tacón.

–Eres cada una de mis fantasías hecha realidad –murmuró finalmente en tono claramente aprobador.

–¿No estás demasiado vestido para tomar una ducha? –preguntó Lia en tono ligero para cambiar de tema.

Gregorio sonrió y extendió los brazos a los lados.

–Desvísteme. Pero no te quites los zapatos –añadió rápidamente al ver que Lia tenía intención de hacerlo.

–¿Y ahora quién es el mandón?

–Esos tacones son muy sexys...

Con la sensación de estar permanentemente ruborizada, Lia retiró la chaqueta de los hombros de Gregorio y la deslizó por sus brazos antes de dejarla cuidadosamente doblada en el tocador. Después le quitó la corbata y la camisa. Su torso era perfecto, como el de un dios griego.

Las manos le temblaron ligeramente cuando le desabrochó el botón de la cintura del pantalón y le bajó la bragueta. Los pantalones se deslizaron por sus fuertes piernas hasta el suelo, revelando un par de boxers negros en los que se evidenciaba el grueso y alargado bulto de su erección.

Lia decidió olvidarse de los dioses griegos. Gregorio era pura perfección. El mero hecho de estar mirándolo hizo que su corazón latiera más rápido y con más fuerza.

—Quítamelos —murmuró él con voz ronca.

La respiración de Lia se volvió más agitada cuando deslizó un dedo a cada lado de los boxers y comenzó a tirar de ellos hacia abajo. Algo que, teniendo en cuenta el considerable tamaño de la erección de Gregorio, no fue fácil. Cuando lo logró, se arrodilló ante él para terminar de quitarle los boxers y los calcetines. Pero, como atraída por un imán, su mirada volvió a centrarse de inmediato en el sobresaliente sexo de Gregorio.

—Lia...

Ella sabía lo que quería Gregorio. No se lo estaba exigiendo. Se lo estaba rogando.

¿Se había arrodillado Lia deliberadamente? ¿Con aquel propósito?

Absolutamente.

Quería escuchar los gemidos de placer de Gregorio mientras lo tomaba en su boca. Quería saborearlo y lamerlo. Succionarlo.

El mero hecho de pensar aquello hizo que su deseo se intensificara de un modo casi doloroso.

Gregorio contuvo el aliento cuando Lia tomó su sexo en una mano. Antes de inclinarse para recibirlo en la calidez de su boca, se humedeció los labios con la lengua. Gregorio apoyó una mano en su hombro cuando ella empezó a acariciarle por debajo con la lengua a la vez que establecía un ritmo lento pero firme de movimientos de penetración y salida de su boca.

Estaba tan increíblemente sexy con el sujetador, las braguitas y las medias y su pelo rojizo y dorado revuelto en torno a sus hombros, que Gregorio fue incapaz de apartar la mirada de ella. Su deseo fue creciendo hasta que tuvo que luchar con cada músculo de su cuerpo para no alcanzar la liberación.

–¡No...! –exclamó a la vez que la apartaba de sí y la tomaba por los hombros para que se pusiera en pie ante él–. Ha sido increíble. Me ha encantado –murmuró a la vez que la rodeaba por la cintura con los brazos para estrecharla contra sí.

–A mí también me ha gustado –reconoció ella roncamente.

–Pero no quería que acabase demasiado pronto –Gregorio esbozó una sensual sonrisa–. Y ahora es mi turno –murmuró con satisfacción mientras desabrochaba el cierre del sujetador de Lia antes de quitárselo–. ¡Dios! –dijo en tono casi reverencial mientras su mirada se daba un festín contemplando los generosos pechos desnudos de Lia–. Me encantan... –añadió ante de tomarlos en sus manos e inclinarse para succionar un momento cada uno de sus sensibilizados y erectos pezones.

Lia gimió al sentir como irradiaba desde sus pechos hacia todo su cuerpo una oleada de sensual calor.

–Quiero saborearte...

Gregorio se irguió para tomarla en brazos y llevarla a la cama. La tumbó cuidadosamente y luego se situó frente a ella para quitarle las braguitas, dejándola tan solo con la medias y las ligas.

Su mirada se oscureció visiblemente mientras la contemplaba.

–Eres la mujer más sexy que...

–¿Que has visto hoy? –bromeó Lia, convencida de que Gregorio había estado con mujeres mucho más sexys que ella.

Gregorio ladeó la cabeza mientras la miraba.

–¿Por qué haces eso? ¿Es tu forma de apartarme de tu lado?

Lia dejó escapar una risita. Teniendo en cuenta que ambos estaban desnudos, aquella pregunta resultaba un poco absurda.

–¿Tienes la impresión de que te estoy apartando de mi lado?

Gregorio no sonrió.

–Ambos tenemos un pasado que no podemos cambiar. Pero ahora estamos aquí juntos. La belleza está en el ojo del que la contempla, Lia, y tú eres la mujer más bella que he conocido.

Lia se ruborizó, aunque no sin cierto escepticismo.

–Habíamos acordado que era mejor no hablar.

–¿Porque no crees lo que digo?

–Gregorio...

–De acuerdo, de acuerdo –Gregorio deslizó un pulgar por el carnoso labio inferior de la boca de Lia–. Tengo toda la intención de demostrarte lo preciosa que eres para mí.

Y si aquella era la intención de Gregorio, aquello fue exactamente lo que hizo mientras le hacia el amor con ternura, detenidamente, salvajemente.

Oprimió y acarició sus pechos mientras la volvía loca acariciándole el sexo con sus labios y su lengua, acercándola una y otra vez al borde del clímax hasta que finalmente lo alcanzó.

Pero aún quería más. Quería que Gregorio siguiera haciéndole el amor. Quería más de él.

–Necesito estar dentro de ti... –murmuró finalmente Gregorio con voz ronca tras alzar el rostro de entre sus piernas.

–Por favor... –Lia arqueó su cuerpo hacia él, anhelando tenerlo dentro tanto como él quería estar allí.

Pero cuando Gregorio se volvió para sacar un preservativo de su mesilla de noche y ponérselo con mano experta, la inquietud de Lia regresó.

Gregorio frunció ligeramente el ceño al ver su expresión.

–Sé que esto no es nada romántico, pero es responsabilidad mía protegerte.

No podía argumentarse nada contra aquello, y Lia olvidó por completo su inquietud cuando Gregorio se arrodilló entre sus piernas y la penetró lenta y eróticamente, ensanchándola, colmándola, como si fueran dos partes de un todo que finalmente hubieran encontrado su encaje.

Gregorio reclamó sus labios a la vez que empezaba a establecer un ritmo de movimientos de penetración y salida que hicieron que sus respiraciones se volvieran más y más agitadas según iba creciendo su sensación de placer.

Lia gimió cuando las penetraciones de Gregorio provocaron un revuelo de pequeñas explosiones encadenadas de placer en su interior, y lo rodeó con las piernas por la cintura para hacer que la penetrara aún más profundamente.

Gregorio interrumpió su beso para gemir roncamente, con el cuerpo tenso como una vara de acero.

—Llega conmigo, preciosa... ¡Ahora! —casi bramó a la vez que su miembro comenzaba a palpitar dentro de Lia, que alcanzó junto a él un orgasmo tan fuerte e intenso que fue incapaz de contener un prolongado y sensual grito de placer.

Capítulo 9

LA COMIDA ha llegado –dijo Gregorio desde lo pies de la cama, cubierto tan solo por una toalla en torno a la cintura

«¿La comida?» Lia miró su reloj y vio que eran casi las cinco de la tarde. Pero se sentía demasiado bien como para querer abandonar la calidez de la cama en la que Gregorio y ella habían pasado toda la tarde haciendo el amor. Tres veces. La última hacía solo unos minutos.

–Me siento muy a gusto aquí –murmuró con una sonrisa saciada.

–¿Quieres que traiga aquí la comida?

–Mc parece un gran idea –contestó Lia mientras se erguía y tiraba de la sábana para cubrir sus pechos antes de apoyarse contra la almohada.

Gregorio acudió a sentarse junto a ella en el borde de la cama.

–Eres lo más precioso que he visto en mi vida, Lia –dijo a la vez que alzaba una mano para acariciarle la mejilla.

En aquella ocasión Lia no tuvo más remedio que creerlo. ¿Cómo no iba a creerlo después del exquisito placer que le había ofrecido Gregorio durante horas?

De pronto vio que Gregorio fruncía el ceño.

–Quiero que me prometas que no vas a volver a ver a Richardson a solas.

Ah.

Gregorio entrecerró los ojos.

–¿Por qué me estás mirando así?

–Probablemente porque me estoy preguntando si habrá sido ese el motivo por el que me has estado haciendo el amor toda la tarde –Lia lo miró con suspicacia–. Para distraerme y para que sea más dócil y esté más dispuesta a hacer lo que me pidas.

Gregorio se levantó con brusquedad de la cama.

–Tú nunca has sido precisamente dócil, Lia –dijo con impaciencia–. ¿De verdad es eso lo que piensas de mí? ¿Crees que he utilizado el sexo para manipularte?

Exacto. El sexo.

Lia había estado haciendo el amor, había estado enamorándose, mientras que Gregorio había estado teniendo sexo. Muy buen sexo, sin duda, pero nada más.

Lia se preguntó por qué algunas mujeres, ella incluida, tenían que adornarlo llamándole «hacer el amor». Tal vez porque era precisamente aquello, un mero adorno de un instinto primario.

Gregorio pareció impacientarse ante el silencio de Lia.

–No recuerdo haber tenido que obligarte a hacer nada esta tarde.

Al contrario. Tras su timidez inicial, Lia había demostrado ser una amante audaz. Muy satisfactoriamente audaz, de manera que ¿por qué estaban discutiendo?

Sus conversaciones siempre acababan en discusiones. Uno de los dos se ofendía por lo que había dicho el otro y surgía el enfrentamiento.

–Creo que debería irme –Lia evitó mirar a Gregorio mientras salía de la cama.

–¿Es así como sueles comportarte? ¿Huyes en cuanto surge una situación que no puedes controlar?

Lia le dedicó una desafiante mirada.

–En estos momentos no tengo control sobre prácticamente ningún aspecto de mi vida. Incluyendo este, al parecer –añadió con vehemencia antes de salir de la cama y tirar de la sábana para cubrirse mientras se encaminaba con paso firme hacia la puerta.

–¡Lia!

Lia se volvió desde le umbral de la puerta.

–Deja que me vaya, Gregorio –dijo con los ojos brillantes a causa de las lágrimas.

Gregorio bajó los hombros en señal de derrota.

–De acuerdo, mientras me asegures que no vas a volver a ver a Richardson a solas. La investigación que lo relaciona con el dinero que perdió la empresa de tu padre sigue en marcha.

–¿De verdad crees que fue él?

–Sí.

–¿Y que esa fue la causa del infarto que sufrió mi padre?

–Sí.

–Muy bien –asintió Lia–. ¿Me mantendrás informada?

–Desde luego –contestó Gregorio, tenso–. Y ahora

deja que insista en que Silvio te acompañe a casa y permanezca vigilando fuera del edificio.

Lia respiró profundamente antes de responder.

—¿De verdad crees que David sería capaz de hacerme daño?

—Creo que hoy has arrinconado y retado a un hombre al que no le gusta nada que frustren sus planes. Reuniéndote con él y diciéndole lo que le has dicho lo has hecho consciente de tus sospechas. Nunca es bueno permitir que el enemigo sepa lo que estás sintiendo o pensando.

Lia le dedicó una mirada burlona.

—¿Es así como has llegado a tener tanto éxito? ¿Tratando a todo el mundo como si fuera tu enemigo?

Gregorio respiró profundamente antes de contestar.

—Estás enfadada conmigo y estás retorciendo deliberadamente mis palabras.

Lia estaba enfadada consigo misma, no con Gregorio. Después de todo lo sucedido los pasados meses aún se había permitido comportarse como una inocente romántica en lo referente a él. Tenía veinticinco años y ya había sido manipulada por un hombre que solo había tenido intención de utilizarla. Era hora de olvidar el romanticismo y aceptar que Gregorio y ella tan solo habían pasado una tarde agradable en la cama.

Y aquella tarde había acabado.

Trató de sonreír.

—Pero me gustaría que nos despidiéramos como buenos amigos.

Gregorio entrecerró los ojos. ¿Amigos? ¿Lia creía

que tan solo eran amigos? ¿Después de la tarde que acababan de pasar?

–¿Seremos amigos con beneficios? –preguntó con burlona aspereza.

–No –Lia bajó la mirada–. Lo que ha sucedido hoy no volverá a suceder.

–¿De verdad crees eso?

Lia alzó la barbilla y miró a Gregorio a los ojos.

–Es hora de que me haga cargo de mi vida, y eso incluye decidir con quién me acuesto.

–¿Y no será conmigo?

–No.

Gregorio asintió secamente.

–Silvio estará esperándote abajo para acompañarte.

–Gracias –Lia salió al vestíbulo y entró al baño para vestirse. Unos minutos después se oyó el sonido que hizo la puerta del ático al cerrarse.

Gregorio llamó a Silvio y luego se volvió hacia los ventanales desde los que se divisaba la línea de rascacielos de Londres. Aquella tarde con Lia había sido toda una revelación. Lia no se equivocaba al pensar que a lo largo de los últimos veinte años de su vida se había acostado con muchas mujeres. Tantas, que había olvidado sus nombres.

Pero jamás olvidaría el nombre de Lia.

Jamás olvidaría a Lia.

Era inolvidable.

Y no porque fuera la mujer más preciosa que había visto. Cosa que era.

Y tampoco porque fuera la mejor amante. Cosa que también era.

No, nunca la olvidaría porque era Lia.

Ardiente y temperamental. De naturaleza increíblemente apasionada.

Lia.

–¿Qué pasó ayer...? Cuidado –advirtió Cathy al ver que Lia estaba a punto de dejar caer el vaso de agua que sostenía. Habían quedado en el gimnasio después del trabajo y en aquellos momentos se estaban relajando bebiendo algo en el bar–. Esperaba que me llamaras, pero ahora quiero saber qué pasó ayer.

–¿Qué parte? –preguntó Lia sin atreverse a mirar directamente a su amiga.

La noche anterior se había ido pronto a la cama y había dormido casi doce horas seguidas. Aquella mañana había vuelto a ocupar su puesto de recepcionista en el hotel, por lo que había deducido que Tim, el secretario de Gregorio, ya se había recuperado. ¿O tal vez no? ¿Estaría haciendo Gregorio lo mismo que ella? ¿Tratar de ignorar su existencia como ella trataba de ignorar la de él?

–La parte que está haciendo que te ruborices –dijo Cathy con evidente interés.

Lia hizo una mueca.

–Preferiría no hablar de ello.

–Al menos dime si implica a Gregorio de la Cruz.

Lia suspiró.

–Sí.

–¡Guau! –Cathy adoptó una expresión soñadora–.

Adoro a Rick, pero estar casada no me vuelve ciega a los evidentes encantos de Gregorio. Y por la sonrisa de boba que se te ha puesto deduzco que acostarte con él ha sido tan satisfactorio como imaginé que sería.

—¡Cathy! —exclamó Lia, ruborizada.

—¡Lia! —la imitó su amiga—. Nunca te había visto esa expresión después de pasar una noche con David.

Lia se puso seria ante la mención del nombre de su exprometido.

—Ayer también vi a David.

—¿Qué? —Cathy se inclinó hacia delante en la mesa—. ¿Cuándo? ¿Por qué?

—Gregorio me había contado algunas cosas sobre él y quería saber si eran ciertas.

—¿Y lo eran?

—Sí —Lia ya no dudaba de las sospechas de Gregorio, ni de lo que pudiera hacer David cuando se enterara.

—¿Más secretos? —dijo Cathy mirándola comprensivamente.

Lia parpadeó para alejar las lágrimas.

—Gregorio cree que David es responsable de los problemas financieros de mi padre y de su subsecuente infarto. Y me inclino a pensar que está en lo cierto.

—Oh, Lia —Cathy apoyó una mano en la de su amiga—. Lo siento mucho.

—Pero no parece sorprenderte.

—En realidad no —reconoció Cathy con una mueca de pesar.

Lia rio con suavidad.

—¡En el futuro vas a tener que ser más sincera conmigo en lo referente a los hombres con los que salgo!

—Gregorio tiene toda mi aprobación —dijo Cathy al instante.

Y también tenía la aprobación de Lia. Pero aquello no cambiaba el hecho de que ella era tan solo una conquista sexual más para él. Desafortunadamente, debía reconocer que sus emociones no funcionaban como las de Gregorio. Ya estaba más encariñada con él de lo que debería, y lo último que necesitaba era que volvieran a romperle el corazón.

¿Pero el abandono de David le había roto realmente el corazón?

Si quería ser sincera consigo misma, la respuesta era no. Le había dolido y decepcionado que David hubiera roto su compromiso de manera tan brusca tras la muerte de su padre, pero dudada que sus sentimientos fueran a limitarse a aquello si permitiera que sus emociones se dejaran arrastrar por Gregorio.

Si es que aquello no había sucedido ya.

—Ya me estaba preguntando si ibas a volver a casa.

Lia se quedó paralizada al salir del ascensor y ver a David en el vestíbulo, ante la puerta de su apartamento.

En el edificio no había recepción, y cada vecino abría la puerta de entraba con un código. La puerta tras la que se había quedado Raphael, su protector aquel día, sentado en el coche.

—¿Cómo has entrado?

David se encogió de hombros.

—He llamado al telefonillo y le he dicho a una inquilina que era un nuevo vecino y que había olvidado las llaves. Me ha dejado pasar encantada.

Lia pensó de inmediato que debía hablar con los demás inquilinos sobre aquello.

Entretanto, no le quedaba más remedio que gestionar del mejor modo posible la inesperada presencia de David.

—¿Cómo has averiguado dónde vivo?

—No ha sido difícil. Un amigo de un amigo que trabaja para la compañía de teléfonos.

Lia lo miró con cautela.

—¿Por qué has venido?

David vestía un polo azul marino y vaqueros, de manera que había tenido que pasar por su casa a cambiarse después del trabajo.

Esbozó su sonrisa más encantadora.

—Creo que ayer nos separamos de un modo muy feo, y quería arreglar las cosas entre nosotros.

—¿En serio? —preguntó Lia con evidente escepticismo.

David siguió sonriendo, pero Lia lo conocía lo suficientemente bien como para saber que aquella sonrisa no había alcanzado sus ojos.

—Ayer me dijiste algunas cosas bastante inquietantes y quería aclarar las cosas.

Lia pensó que repetir «¿en serio?» habría sido demasiado.

—Eso ya no es necesario.

David se tensó visiblemente.

—Oh...

—Creo que ambos sabemos la verdad, David. Lo que significa que no tenemos nada que decirnos el uno al otro.

—No te estás mostrando muy amistosa.

—¿De verdad crees que tengo algún motivo para mostrarme amistosa?

—Estuvimos comprometidos.

—Estuvimos es la palabra.

—Escucha, Lia, sé que te dejé en las estacada cuando más me necesitabas. Cometí un error, ¿de acuerdo? Es evidente que no supe enfrentarme a la repentina muerte de tu...

—No pienso hablar de mi padre contigo —espetó Lia—. Nunca —añadió con vehemencia—. Y ahora te agradecería que te fueras.

—Solo quiero hablar contigo, Lia —dijo David en tono de súplica—. Te he echado de menos.

—¡Oh, vamos! Ahora me doy cuenta de lo ingenua que era hasta hace unos meses. De no haber estado ocupada siendo la hija privilegiada del poderoso Jacob Fairbanks tal vez habría podido calarte mucho antes.

—Esto no es propio de ti, Lia —la voz de David volvió a recuperar su tono condescendiente—. Tú no sueles hablar así. La única conclusión a la que puedo llegar es que se debe a la influencia de De la Cruz —agitó lentamente la cabeza—. ¿Qué haces tú con un hombre como ese? Es un mujeriego y un tiburón de las finanzas de la peor clase.

–¡Es un hombre más honorable de lo que tú jamás llegarás a ser! –replicó Lia, consciente de que aquello era lo que realmente pensaba–. Y ahora vete, por favor, David –dijo mientras buscaba rápidamente en el bolso la llave del apartamento.

–¿Y si no quiero?

Lia sintió un revoloteo de inquietud en la boca del estómago al darse cuenta de que David se había acercado a ella.

–Uno de los hombres de Gregorio está vigilando la entrada del edificio –advirtió, tensa.

David alzó una de sus rubias cejas.

–¿Tiene hombres vigilándotc?

–Protegiéndome.

–¿De quién? ¿De mí? –añadió David al ver que Lia se limitaba a seguir mirándolo–. No solías ser tan paranoica.

–No solía ser muchas cosas que ahora soy.

–Ya lo he notado. Y está claro que no todos esos cambios han sido para mejor –aseguró David–. Pero De la Cruz y sus hombres no están aquí ahora. Solo estamos tú y yo.

Lia era muy consciente de ello. Y no le gustaba nada aquella situación.

–Te he pedido que te vayas –dijo entre dientes.

–¿No quieres saber lo que realmente pasó la noche que murió tu padre?

Lia se llevó una mano a la boca, sobrecogida

–¿Qué? ¿Qué quieres decir?

David se encogió de hombros.

–Yo estaba con tu padre cuando murió.

–Yo... pero... pero nunca se mencionó... –Lia

agitó la cabeza–. Yo fui quien lo encontró caído sobre su escritorio aquella mañana.

–Nuestra reunión era confidencial, entre abogado y cliente. Cuando de repente sufrió el ataque... bueno, ya te he dicho que no llevo bien las muertes repentinas.

–¿Sufrió un ataque de corazón delante de ti y te limitaste a irte y dejarlo morir? –preguntó Lia, anonadada.

–Murió instantáneamente. No podía hacerse nada.

–¡Eso no puedes saberlo! –Lia miró a David con incredulidad–. ¡Lo que hiciste fue como matarlo!

–Tu padre murió de un ataque al corazón –insistió David.

–Los ataques al corazón suelen producirse por estrés, o por alguna conmoción repentina. ¿Le dijiste algo que pudo causarle el ataque? –Lia estaba teniendo dificultades para mantenerse en pie.

–Invítame a pasar y te contaré exactamente lo que pasó.

A Lia no le gustó la petulante expresión de David. Una petulancia causada por el hecho de que era muy consciente de que ella querría saber con exactitud lo que sucedió la noche en que murió su padre.

Pero para ello debía permitirle pasar a su apartamento.

Y no sabía si se atrevía a quedarse a solas con él dentro.

Capítulo 10

GREGORIO creía firmemente en lo que le había dicho a Lia: un hombre no podía considerarse un hombre si era capaz de pegar a una mujer. Pero en aquellos momentos estaba muy enfadado. Realmente enfadado.

Lo que significaba que iba a tener que golpear una pared o algo para aliviar su tensión antes de ver a Lia. O tal vez podía dar un buen puñetazo en la cara bonita de David Richardson.

Pero por el momento debía concentrarse en conducir con cuidado para llegar sano y salvo al apartamento de Lia. Aunque esta le hubiera dicho que no quería volver a verlo, aquello estaba a punto de cambiar.

Raphael le había llamado hacía diez minutos para decirle que había hecho un control de las matriculas de los coches aparcados en la calle en la que estaba el edificio en que vivía Lia y había encontrado el deportivo de Richardson discretamente aparcado entre dos todoterrenos.

Gregorio había salido prácticamente corriendo del hotel. Si, en contra de su consejo, Lia había invitado a David a pasar a su apartamento... Aquel pensamiento le hizo pisar a fondo el acelerador.

—Aún estoy esperando —Lia se cruzó de brazos mientras David permanecía en pie en medio de la sala de estar con una burlona sonrisa en los labios.

—Este lugar supone una ligera bajada de categoría para ti, ¿no?

Lia mantuvo su mirada.

—A mí me gusta.

—Si tú lo dices —comentó David mientras miraba a su alrededor con expresión escéptica.

—¿Y bien? —lo instó Lia, cada vez más impaciente.

—¿No vas a ofrecerme un café o algo? —preguntó David mientras se sentaba en el sofá.

—No.

David rio.

—Creo que me gusta esta nueva versión más descarada de Lia. Resulta muy sexy —dijo mirándola de arriba abajo.

Lia apretó los puños a los lados.

—¿Quieres hacer el favor de decirme lo que sucedió la noche que murió mi padre?

La expresión de David se volvió más cautelosa.

—Teníamos una cita. Hablamos. Sufrió un ataque al corazón. Me fui.

Lia experimentó una rabia casi incontenible.

—¡Eso ya me lo has dicho en el vestíbulo!

¿Se habría enterado su padre de que David era quien le estaba robando? ¿Se habría enfrentado a él y David se había limitado a dejarlo morir?

¿Por qué no había confiado su padre en ella?

La respuesta llegó a la mente de Lia con tal fuerza que estuvo a punto de desmayarse.

David era su prometido. El hombre al que su padre creía que amaba y con el que tenía intención de casarse. En aquellos momentos ella también lo creía. Pero estaba segura de que su padre la había querido lo suficiente como para tratar de evitar que se enterara de la verdad.

—Mi padre te acusó de estar malversando los fondos de la empresa —afirmó.

David hizo una mueca despectiva.

—Me dijo que si devolvía el dinero nadie más tendría por qué enterarse de lo que había hecho.

—Pero ya no tenías el dinero, ¿verdad?

—No todo.

—Porque eres un adicto al juego —Lia miró a David sin ocultar su repugnancia.

—¡No soy adicto! —replicó David con una fea expresión en el rostro—. Tan solo me gusta la excitación de apostar.

—¿No te das cuenta de que eso está arruinando tu vida? ¿No te das cuenta de que te has convertido en un hombre capaz de robar para alimentar su adicción?

—Suenas como tu padre —dijo David en tono desdeñoso—. Dijo que si devolvía el dinero nadie más tendría por qué enterarse de lo sucedido. Se retiró de las negociaciones con De la Cruz para darme tiempo a arreglar las cosas.

Lia se cubrió la mano con la boca al comprender de pronto que, siendo el mentiroso ladrón y manipulador que era, David debía haber tratado de chantajear a su padre para que no contara nada. Y aquello era lo que le había causado el infarto.

—Sal de aquí, David —dijo con toda la frialdad que pudo.

David alzó las cejas.

—Pero aún no hemos terminado de hablar.

—Oh, claro que sí —aseguró Lia—. Hace mucho que hemos terminado —añadió con vehemencia—. Mi padre hizo lo que hizo por el amor que sentía por mí, y ahora yo voy a hacer exactamente lo mismo por el amor que yo sentía por él. Voy a arruinarte, David, voy a arruinarte como tú arruinaste y mataste a mi padre. Todo el mundo va a enterarse de la verdad sobre ti... ¡Suéltame! —protestó cuando David la tomó por un brazo y se lo retorció para sujetárselo a la espalda a la vez que la atraía hacia sí.

—No creo —murmuró con ferocidad junto a su oído—. Te conviene portarte bien, cariño, o de lo contrario...

—¿De lo contrario qué? —replicó Lia sin arredrarse.

David se encogió de hombros.

—Bueno, a fin de cuentas tu padre acaba de morir. Tú aún no lo has asimilado y la gente achacará a eso tu decisión de tomar más somníferos de los necesarios...

—¡Estás loco! —exclamó Lia. Ningún hombre en su sano juicio habría amenazado con matarla con tal frialdad.

—Desesperado —corrigió David—. Y ya deberías saber que no conviene amenazar a un hombre desesperado.

Gregorio había tratado de advertirla. Le había advertido. Pero Lia no había querido escuchar.

Gregorio...

—Nunca te saldrás con la tuya —advirtió mientras trataba de liberarse del agarrón de David—. Gregorio sabrá que no me he suicidado, y te perseguirá hasta atraparte.

—Pero eso no cambiaría el hecho de que estarías muerta.

Lia dio un grito cuando David le retorció con más fuerza el brazo.

—Deja de luchar y dejaré de hacerte daño.

Lia dejó de luchar.

Al escuchar el grito de Lia desde el otro lado de la puerta de su apartamento, Gregorio no se lo pensó dos veces. Alzó una pierna y golpeó con la planta del pie la puerta con todas sus fuerzas.

La cerradura saltó hecha añicos y la puerta se abrió violentamente. Gregorio entró prácticamente corriendo, pero se detuvo en seco al alcanzar la sala de estar. David Richardson estaba tras Lia, sujetándola con un brazo por la cintura. Lia estaba muy pálida, con los labios temblorosos y una evidente expresión de dolor en el rostro. Gregorio notó que David la tenía sujeta por un brazo a la espalda.

—Suéltala, Richardson —dijo con toda la calma que pudo.

David lo miró con expresión insolente.

—A ella le gusta que la sujete así, ¿verdad, Lia? —dijo mientras ceñía con más fuerza su cintura.

–Yo... –Lia se interrumpió con un gemido cuando David le retorció un poco más el brazo.

No tenía idea de lo que iba a hacer Gregorio después de cómo se habían separado el día anterior, pero agradeció fervorosamente que se hubiera presentado allí.

–¡Me está retorciendo el brazo tras la espalda! –logró decir antes de que David volviera hacerlo.

El agónico gritó que dejó escapar a continuación fue acompañado por el sonido de algo quebrándose.

Un dolor como no había experimentado nunca irradió del brazo de Lia al resto de su cuerpo. Su visión se oscureció y un instante después perdía el conocimiento...

–Con cuidado –dijo Gregorio mientras Raphael dejaba a la aún inconsciente Lia en sus brazos. A continuación entró con ella en la parte trasera del coche.

Raphael cerró la puerta y luego ocupó su lugar tras el volante para dirigirse al hospital.

Probablemente era mejor que Lia estuviera inconsciente, porque Gregorio estaba convencido de que tenía el brazo roto. Había escuchado con claridad el sonido del hueso al quebrarse cuando Richardson la había empujado hacia él.

Gregorio la había sujetado instintivamente, totalmente centrado en Lia mientras esta se desmayaba entre sus brazos. Para cuando miró a su alrededor, Richardson ya se había ido.

Gregorio gastó unos segundos preciosos en dejar

a Lia cuidadosamente en el sofá antes de sacar su móvil para llamar a Raphael. Este le dijo que Richardson acababa de irse y que ya se alejaba en su coche. Pero no era culpa de Raphael, que no podía haber adivinado lo sucedido en el apartamento.

Pero daba igual. Huyera donde huyese, Gregorio lo encontraría. No estaría seguro en ningún lugar de la Tierra.

Entretanto debían llevar a Lia al hospital lo más rápidamente posible. Tenían que recolocar y inmovilizar su brazo roto.

Y Gregorio la conocía lo suficiente como para saber que se iba a poner hecha una furia cuando recuperara la consciencia.

Las voces se iban y venían de la consciencia de Lia, y el dolor que sentía en el brazo le hacía imposible entender nada.

Pero sí reconoció a los dueños de las voces. Cathy, Rick. Y Gregorio.

Los recuerdos llegaron en tropel.

David esperándola en la puerta de su apartamento... Sus amenazas...

La inesperada y violenta llegada de Gregorio...

El sonido de su brazo al quebrarse cuando David la empujó.

El dolor.

La oscuridad.

Y nuevamente el dolor cuando había despertado en el hospital, donde volvió a desmayarse a pesar de los analgésicos.

Y durante todo aquel tiempo Gregorio había estado a su lado. Sin hablar. Solo estando. Tan solo se había dirigido un momento al doctor que se ocupó de recolocarle el brazo.

Abrió los ojos para mirar a las tres personas que, sentadas junto a la cama, aguardaban a que despertara. Por las cortinas que había tras estos, debían encontrarse todavía en la sala de urgencias.

—Por fin ha despertado la dama —dijo Cathy con una tierna sonrisa.

Rick dio un suspiro.

—Gracias a Dios... Nos has tenido muy preocupados.

Solo Gregorio permaneció en silencio. Lia percibió de inmediato la tozuda seriedad de su expresión, la negra intensidad de su mirada.

—¿Puedo irme a casa ya? —preguntó.

—Por supuesto.

—Claro.

—¡Ni hablar!

Lia se sobresaltó ante la triple y simultánea respuesta.

—Puedes irte a casa... —Cathy dedicó una desconcertada mirada a Gregorio. Suya había sido la respuesta negativa.

—Pero no vas a irte —dijo él con firmeza—. Al menos, no a tu apartamento. Me he ocupado de que vayan a arreglar la cerradura, pero Richardson sigue suelto.

—Antes de que llegaras me amenazó con matarme y simular que se había tratado de un suicidio.

Cathy dejó escapar un grito ahogado.

–¡Cielos, no!

–¡Miserable cobarde! –murmuró Rick, furioso.

Lia se humedeció los labios.

–No creo que hubiera sido capaz de hacerlo... aunque puede que sí –concedió al escuchar el impaciente bufido de su amiga.

La rabia asesina que Gregorio había estado conteniendo durante las pasadas dos horas amenazó con estallar como un volcán.

Había debatido intensamente consigo mismo sobre la conveniencia de llamar de inmediato a la policía, pero finalmente había decidido no hacerlo. Al menos hasta que Lia estuviera a salvo. Añadiría agresión a los cargos que pensaba pedir que se presentaran contra David Richardson en cuanto lo atraparan.

Raphael y Silvio lo estaban buscando aunque, teniendo en cuenta la cantidad de dinero que había desfalcado de las Industrias Fairbanks, había muchas posibilidades de que hubiera decidido abandonar el país. Pero Gregorio no pensaba abandonar aquella búsqueda hasta tener la completa convicción de que Lia estaba a salvo.

–Te quedarás en el hotel conmigo –afirmó. No podía concentrar su atención en la búsqueda de Richardson sin saber con certeza que Lia no corría peligro.

–Oh, estoy segura de que no hay necesidad...

–A nosotros nos encantaría que viniera a...

–No va a haber debate sobre el asunto –interrumpió Gregorio sin miramientos–. Lia va a volver al hotel conmigo. Allí estará más segura –añadió con más suavidad.

Lia no pudo evitar preguntarse si realmente iba a estar más segura en el hotel.

Con Gregorio.

A solas con él día y noche en su suntuosa suite.

Y no porque ella estuviera en condiciones de ser seducida, ni porque Gregorio pareciera tener intenciones de querer hacerlo, pero a pesar de todo...

No se sentía cómoda ante la idea de quedarse con él.

–Rick y tú tenéis vuestros trabajos –Gregorio continuó hablando con suavidad–. Yo puedo trabajar desde mi suite en el hotel, cosa que hago a menudo. Lia no estará sola ni un segundo hasta que Richardson haya sido apresado.

–Yo preferiría...

–El tema está zanjado –dijo Gregorio en un tono que no admitía réplica.

Lia tuvo que reconocer unos minutos después, sentada a su lado en la parte trasera del coche, que cuando Gregorio decía que un tema estaba zanjado, lo estaba.

Y tampoco pudo negar que hubiera cierta lógica en su empeño en que se quedara con él. Evidentemente, David era mucho más peligroso de lo que ella había querido creer, y no dudaba de que su amenaza de matarla había sido muy real.

En la última planta del Hotel Exemplar estaría mucho más segura que en su apartamento, por mucho que ya hubieran cambiado la cerradura.

Y lo último que habría querido habría sido poner

a Cathy y a Rick en peligro aceptando su invitación a quedarse con ellos.

Lia nunca habría creído que llegaría a pensarlo, pero lo cierto era que la suite de Gregorio era el lugar más seguro en que podía estar en aquellos momentos.

Capítulo 11

VAS a necesitar ayuda para desvestirte y para otras cosas –dijo Gregorio mientras deshacía la bolsa de viaje que Cathy y Rick habían llevado al hotel hacía un rato.

Lia hizo una mueca mientras se sentaba en el borde de la cama de la que por lo visto iba a ser su habitación dentro de la suite. No esperaba que Gregorio la invitara a su dormitorio, pero aquella impersonal habitación de invitados resultaba muy reveladora respecto al lugar que ocupaba en la vida de Gregorio.

Lia no se había parado a pensar en la cantidad de cosas que iba a impedirle hacer su brazo roto y escayolado durante seis semanas. No iba a poder vestirse ni ducharse sola, y probablemente iba a necesitar incluso ayuda para comer.

–Tomaré un baño en lugar de una ducha –dijo animadamente–. Y estoy segura de que podré quitarme la ropa sola.

Sabía que los analgésicos que le habían dado en el hospital estaban manteniendo alejado el dolor. Afortunadamente le habían dado un par de cajas.

Gregorio arqueó una oscura ceja.

–Ya te he visto desnuda, Lia...

Lia lo miró sin ocultar su irritación.

–¡Pero no en estas circunstancias! –suspiró al darse cuenta de su tono desagradecido–. Lo siento, Gregorio. Ni siquiera te he dado las gracias por haber acudido en mi rescate.

–Afortunadamente, Raphael reconoció el coche de Richardson y me llamó de inmediato.

–Jamás se me había pasado por la cabeza que David pudiera llegar a comportarse como lo ha hecho. Te debo otra disculpa por eso, Gregorio. Todo lo que me constaste sobre él era cierto.

–¿Es el responsable del desfalco de la empresa de tu padre?

–Oh, sí.

–¿Lo ha admitido delante de ti?

–Entre otras cosas.

Lia contó a Gregorio todo lo que había dicho David aquella tarde en su apartamento.

–¿Estaba con tu padre la noche que murió? –preguntó Gregorio sin ocultar su sorpresa.

Lia cerró brevemente los ojos antes de volver a abrirlos.

–Dijo que no pudo hacer nada, que mi padre murió. Pero... –se interrumpió, incapaz de seguir hablando del tema sin desmoronarse.

–¿Crees que él fue el responsable de la muerte de tu padre? –preguntó Gregorio con aspereza.

–Sí, al menos indirectamente.

–Te aseguro que lo encontraré, Lia. No importa dónde se esconda. Lo encontraré.

Lia asintió.

–Sé que lo harás. ¿Te importaría que me acostara ya? Estoy muy cansada y solo quiero dormir.

–Por supuesto. Lo que tú quieras –dijo Gregorio mientras se acercaba a su lado, solícito–. Pero voy a tener que ayudarte a desvestirte.

Lia conocía aquel tono y supo que no iba a haber manera de convencerlo de lo contrario. Y era cierto que ya la había visto desnuda.

–¿Cathy ha incluido algún pijama en mi bolsa de viaje?

–Creo que sí. ¿Es algo parecido a una camiseta gigante?

Lia estuvo a punto de reír al ver la cara que puso Gregorio. Seguro que estaba acostumbrado a mujeres que utilizaban lencería de seda y encaje en la cama, si es que se molestaban en ponerse algo.

–Gracias por haber llamado a Cathy y a Rick antes. Son lo más cercano que tengo a una familia.

–Soy consciente de ello –dijo Gregorio con suavidad–. He dado instrucciones para que les permitan venir cuando quieran.

–Gracias.

Gregorio sonrió.

–Estás especialmente cortés esta tarde.

–Ya iba siendo hora, ¿no crees?

Gregorio se encogió de hombro.

–Antes sentías que tenías motivos de peso para no ser cortés conmigo.

–Y estaba equivocada –Lia suspiró–. Respecto a todo.

–No te preocupes por eso. Ahora ya sabes la verdad, y eso es lo importante.

Lo era. Y sin embargo...

A Lia no le gustaba que Gregorio la estuviera tratando con el distanciamiento de un conocido preocupado por ella, y no como a una amante. Sabía que se lo merecía, pero echaba de menos la intensidad de la pasión que solía notar en él.

Suspiró temblorosamente.

—Acabemos con esto de una vez, ¿de acuerdo?

—Por supuesto.

Gregorio se obligó a permanecer impasible mientras ayudaba a Lia a desvestirse, aunque le costó verdaderos esfuerzos mantener un ritmo de respiración pausado cuando, tras retirarle el cabestrillo del brazo roto, le quitó el sujetador.

Pero el problema no residía en tener que quitarle la ropa. Lo peor era tenerla tan cerca y desnuda de cintura para arriba, con sus preciosos pezones al alcance de su mano.

Trató de alejarse de la tentación volviéndose para sacar la gran camiseta roja que Lia utilizaba a modo de pijama. Se la puso rápidamente y luego le bajó la cremallera de la falda. Sus buenas intenciones estuvieron a punto de volar por los aires cuando vio las sensuales braguitas de encaje que llevaba, y las medias con ligueros.

Podía hacerlo, se dijo, apretando los dientes. No era un animal ni un joven alocado por las hormonas. Era un hombre sofisticado y con experiencia. No debería sentirse excitado por el mero hecho de estar ayudando a desvestirse a una mujer herida.

Pero estaba excitado.

Afortunadamente, los vaqueros que vestía tenían

la tela lo suficientemente dura como para que no se notara demasiado la firme evidencia de su excitación.

—¿Gregorio...?

¡Al parecer , su actitud distraída no era tan fácil de ocultar!

Terminó de ayudar a Lia y respiró aliviado cuando la tuvo acostada y pudo apartarse de la cama.

Lia parecía... muy frágil. Estaba casi tan pálida como la almohada, y el contorno de su cuerpo parecía diminuto bajo el edredón.

Pero no se trataba solo de una fragilidad física. Sus ojos parecían cubiertos por una especie de neblina gris y tenía unas profundas ojeras. No había duda de que el hecho de haberse roto el brazo tenía que ver con su aspecto, pero Gregorio supo que también era una muestra del torbellino emocional por el que estaba pasando.

Debió experimentar una terrible conmoción cuando David amenazó con matarla y simular que había sido un suicidio. El hecho de descubrir que había estado a punto de casarse con un hombre así también debía estar pesando en su estado de ánimo.

—Trata de dormir —dijo con más aspereza de la que pretendía, y se esforzó por controlar su rabia. Una rabia dirigida a Richardson, no a Lia—. Voy a dejarte la puerta abierta, y estaré en mi despacho o en mi dormitorio si necesitas cualquier cosa.

—Gracias —respondió Lia, cuyos ojos ya casi se estaban cerrando.

Gregorio dudó antes de salir.

—¿Quieres que deje la luz encendida o apagada?

–¡Encendida! –Lia se medio irguió en la cama–. Apagada –hizo una mueca mientras volvía a tumbarse–. No sé...

–¿Qué te parece si dejo la puerta abierta y la luz del vestíbulo encendida?

–De acuerdo –respondió Lia antes de dar un profundo suspiro.

Gregorio salió sin cerrar la puerta y ajustó la intensidad de la luz del vestíbulo.

Hasta que no estuvo en su despacho no liberó la rabia acumulada dando varios puñetazos seguidos contra la pared. Le dolió, pero necesitaba aquella liberación después del esfuerzo que había tenido que hacer para mantener la calma por el bien de Lia.

Quería hacer daño a alguien. Y ese alguien era David Richardson. Porque Lia estaba sufriendo física y emocionalmente por su culpa.

Gregorio ya era consciente de su sufrimiento físico, pero su trauma emocional se había revelado con claridad con su reacción ante la posibilidad de quedarse a solas en una habitación con la luz apagada. Lia estaba asustada, pero no había querido que él percibiera su miedo.

Flexionó varias veces el puño antes de servirse un coñac y acudir a sentarse a su escritorio. Puso los pies encima del borde de este y volvió la mirada hacia los grandes ventanales del despacho. ¿Estaría Richardson aún fuera, ocultándose, o habría abandonado ya el país? Daba igual, porque pensaba encontrarlo aunque se escondiera en el fin del mundo.

El sonido del teléfono supuso un alivio, pues lo distrajo de sus negros pensamientos.

Al mirar la pantalla vio que quien lo llamaba era su hermano Sebastien.

—Sebastien —saludó secamente.

—¿Quién te ha enfadado ahora? —preguntó su hermano sin perder el tiempo con frases de cortesía.

—Es una historia demasiado larga y complicada como para contártela.

—Inténtalo de todos modos.

Gregorio suspiró y le hizo un resumen de lo sucedido.

Él y sus dos hermanos siempre habían mantenido una relación estrecha, en parte porque los tres habían compartido un enemigo común: el excesivo machismo de su padre. Ya de adultos habían llegado a ser amigos, y Sebastien era lo más cercano a un confidente que tenía Gregorio.

—¿De manera que Lia, la hija de Jacob Fairbanks, está ahora mismo en tu suite contigo?

—Sí. Está durmiendo en una de las habitaciones para invitados. Tiene un brazo escayolado y yo no le gusto especialmente —añadió con firmeza—. ¿Sebastien...? —dijo al ver que su hermano no contestaba.

—Dame un segundo mientras elijo las palabras correctamente, Rio —dijo Sebastien lentamente—. El acuerdo comercial al que íbamos a llegar con Jacob Fairbanks se suspendió hace meses, y me contaste que esa mujer te abofeteó en el funeral de su padre, así que... ¿qué hace Lia Fairbanks ahora en tu vida?

No había duda de que Sebastien sabía ir directo al corazón del asunto.

¿Al corazón...?

Gregorio había deseado a Lia desde el momento en que la conoció. A lo largo de la semana pasada la había conocido más allá de su belleza física. Le gustaba. Le gustaba mucho. Por su fuerza. Por sus principios. Por su sincera lealtad hacia su padre, hacia sus amigos.

¿Había llegado simplemente a gustarle mucho, o se había enamorado de ella?

Pero no tenía intención de profundizar en aquello hasta que todo aquel asunto quedara resuelto y Lia estuviera completamente a salvo.

—Te estás tomando mucho rato para responder —dijo Sebastien burlonamente.

—Eres mi hermano, ¡no mi conciencia!

Sebastien rio.

—¿Y...?

—Siento que mi obligación es asegurarme de que Lia está a salvo —contestó Gregorio.

—¿Por qué?

—Porque... porque su único familiar vivo era su padre y está muerto. David Richardson, su exprometido, que la abandonó cuando más lo necesitaba, acaba de admitir que fue el responsable del desfalco de la empresa del padre de Lia. Jacob se enteró y ese fue el motivo de que cancelara las negociaciones con nosotros. Richardson ha dejado en paz a Lia hasta que se ha enterado de que éramos... de que nos conocíamos —Gregorio reprimió la palabra «amantes», que era la que había estado a punto de utilizar. Haber pasado una tarde en la cama con Lia no los convertía en amantes, y ella había dejado bien claro que no tenía intención de repetir la experiencia–. Pero hoy la ha atacado y la ha amenazado de muerte. ¡Le ha roto un brazo!

–¿Y te sientes responsable de ella? –insistió Sebastien.

–Sí, me siento responsable de ella.

Lia, que estaba en el vestíbulo, escuchando involuntariamente lo que estaba diciendo Gregorio, nunca habría podido imaginar cuánto le iba a doler escuchar aquellas palabras. Una cosa era haber pensado que aquello era lo que había impulsado a Gregorio a seguir interesado por ella, y otra muy distinta escuchar cómo se lo decía a su hermano.

Había dormido un par de horas y se había despertado de pronto, totalmente desorientada, sin recordar dónde estaba ni porqué. Un vez despejada había notado que tenía mucha sed y se había encaminado sigilosamente hacia la cocina para no despertar a Gregorio.

No había pretendido detenerse a escuchar cuando había oído que estaba hablando por teléfono, pero al escuchar que mencionaba su nombre no había podido evitar detenerse.

Gregorio había vuelto a salvarla aquella tarde. Siempre la estaba salvando de un desastre u otro.

Porque se sentía responsable de ella.

Y aquello tenía que cambiar. Tal vez no en ese momento, porque era demasiado tarde como para pensar en irse del hotel a algún sitio seguro. Además, no pensaba permitir que Cathy y a Rick corrieran el más mínimo riesgo de que David localizara su casa. Pero al día siguiente, cuando se sintiera mejor, iba a dejar de ser una carga para Gregorio e iba a ocuparse de sí misma... como había dicho que iba a hacer.

—¡Despierta, Lia! Solo es una pesadilla. ¿Lia? —Gregorio sacudió con cuidado a Lia, que seguía gritando y llorando mientras él trataba de tomarla en brazos.

Gregorio había bebido varias copas de coñac antes de irse a la cama, consciente de que las iba a necesitar si quería aspirar a dormir un poco.

Le había costado, pero finalmente se había quedado adormecido cuando el sonido de los gritos de Lia lo habían despertado con un sobresalto.

En un primer instante había pensado que alguien, Richardson, había logrado entrar de algún modo y estaba atacando a Lia. Prácticamente salió disparado de la habitación, pero al entrar en el dormitorio de Lia comprobó que alguna horrenda pesadilla le estaba haciendo gritar y moverse de un lado a otro en la cama.

—¡Lia! —exclamó, procurando no golpearle la escayola cuando la tomó por los hombros—. Abre los ojos y mírame —añadió con firmeza.

Lia dejó de gritar, abrió los ojos y lo miró, pero siguió sollozando.

—Es solo una pesadilla... no es real —continuó Gregorio.

Pero a Lia le estaba pareciendo muy real.

Estaba corriendo, huyendo de algo, de alguien. No podía verlo, pero podía sentirlo, escuchar su cercana y agitada respiración. Y de pronto apareció delante de ella. Era una sombra informe, pero ella sabía que era un hombre. Sabía que era David. Y que iba a matarla.

–Ahora estás a salvo –dijo Gregorio, abrazándola–. Nadie te hará nunca daño mientras yo esté aquí. Te lo prometo.

Pero Lia sabía que Gregorio no iba a estar allí siempre. Ella tan solo era una mujer a la que se sentía obligado a proteger, porque estaba sola en el mundo y necesitaba su ayuda. El día anterior habían disfrutado de unas relaciones sexuales magníficas y, probablemente, eso también formaba parte de lo que lo impulsaba a querer protegerla.

–Ya estoy bien –susurró, muy consciente del calor que emanaba del poderoso pecho desnudo de Gregorio, que vestía tan solo unos flojos pantalones de pijama–. Siento haberte despertado –añadió a la vez que trababa de apartarse.

Pero Gregorio la retuvo contra sí.

–Mírame, Lia.

Ella no quería mirarlo, no quería sentir el contacto con su piel desnuda...

–¿Lia?

Lia alzó un momento la mirada y enseguida volvió a bajarla. Gregorio tenía un aspecto increíblemente sexy con el pelo revuelto y la incipiente barba que cubría su mandíbula. Y olía como para comérselo...

Sintió que todo su cuerpo respondía ante su presencia, abrumadoramente masculina.

Pero Gregorio tan solo sentía la obligación de

protegerla, se recordó con firmeza. Aquel era el único motivo por el que aún estaba con ella.

El día anterior, cuando le había dicho que no quería saber nada más de él, que no quería volver a meterse en su cama, había mentido. Pero por mucho que mintiera a Gregorio, ya no podía seguir mintiéndose a sí misma.

Estaba enamorada de Gregorio.

No colada, ni sexualmente cautivada por él, ¡aunque eso también! Estaba totalmente enamorada de él. Gregorio era todo lo que debía ser un hombre. Honorable. Sincero. Protector de aquellos que eran más débiles que él.

Pero por muy enamorada que estuviera de él, Gregorio nunca iba a quererla más que como una amiga «con beneficios añadidos».

—Ya me encuentro mejor –dijo a la vez que hacía un esfuerzo por apartarse de él–. Vuelve a la cama, Gregorio. Por favor.

—¿Estás segura? –pregunto él mientras la observaba atentamente.

—Sí –asintió Lia, que se esforzó por mantener la sonrisa hasta que Gregorio abandonó la habitación.

Pero unos instantes después cerró los ojos y permitió que las lágrimas se derramaran por sus mejillas.

Capítulo 12

PUEDE saberse qué haces aquí, Sebastien?
El hermano de Gregorio había llegado al hotel hacía unos minutos. Teniendo en cuenta que solo eran las ocho de la mañana, Sebastien tenía que haber volado aquella misma noche desde Nueva York en uno de los aviones privados de la empresa.

–Cuando hablamos ayer por la noche no parecías tú mismo, Rio –dijo Sebastien tras abrazar afectuosamente a su hermano.

–¿Y eso te ha parecido suficiente motivo para volar de inmediato a Londres?

–Eso y que quería conocer personalmente a Lia Fairbanks –replicó Sebastien con una juvenil sonrisa.

Gregorio se tensó al escuchar aquello.

–¿Por qué?

–¿Por qué va a ser? Porque quería conocer a la mujer que tanto ha afectado a mi hermanito mayor.

–Déjate de tonterías –espetó Gregorio–. ¿Te apetece una taza de café? –dijo a la vez que se volvía para servir una.

–No cambies de tema, Rio –Sebastien se acomodó en uno de los taburetes de la cocina y aceptó la taza de café humeante que le dio su hermano–. ¿Qué tiene de especial Lia Fairbanks?

Todo.

El pensamiento surgió de forma inesperada en la mente de Gregorio y, una vez allí, no logró quitárselo de la cabeza.

Lia era especial. Muy especial. Al margen del valor con que se había enfrentado a todo lo que le había sucedido a lo largo de aquellos meses, la muerte de su padre, el abandono de David y el ataque del que acababa de ser objeto por parte de este, había mantenido la calma. Cualquier otra persona habría estado histérica y destrozada.

En cuanto a sus relaciones en la cama...

Gregorio no había conocido nunca a una mujer como ella. Lia se entregaba entera, no solo su cuerpo, sino toda ella. Gregorio no había tenido nunca una amante así.

¿Y volvería a tener alguna?

–¿Es posible que obtenga la respuesta a eso cuando la conozca? –insistió Sebastien.

Gregorio experimentó un absurdo arrebato de posesividad ante la posibilidad de que Lia fuera a conocer a Sebastien. ¿Lo encontraría tan atractivo como les sucedía a la mayoría de las mujeres? ¿Se llevaría mejor con su hermano que con él?

De eso estaba seguro. Gregorio era muy consciente de que carecía del encanto y las maneras que con tanta facilidad adoptaba Sebastien en determinadas ocasiones. Y conocer a una mujer preciosa era una de aquellas ocasiones.

El mero hecho de pensar en la posibilidad de que

Lia pudiera gravitar hacia Sebastien bastó para que Gregorio apretara un puño a un costado.

Sebastien sonrió.

—No sé por qué pero intuyo que no te hace gracia la idea.

Gregorio miró a su hermano con irritación.

—No veas emociones donde no existen.

Sebastien rio abiertamente.

—Si no dejas de apretar la taza de ese modo te va a estallar en la mano.

Gregorio masculló un improperio.

—Más te valdría dedicar tu tiempo a pensar en cómo ayudarme a localizar a David Richardson en lugar de hablar sobre cosas de las que no sabes nada.

—Tampoco se nada sobre Richardson.

—¿Por qué no dejas de vacilar un rato? Necesito resolver este asunto cuanto antes, Sebastien.

—Pero en ese caso la señorita Fairbanks se trasladaría a su apartamento.

—Exacto.

—Rio...

—¿Por qué has venido realmente, Sebastien? —Gregorio miró a su hermano con suspicacia, y notó que la expresión de su boca y su mirada no encajaban con su desenfadada actitud—. ¿Qué sucede?

Sebastien suspiró pesadamente.

—Nada que no pueda curar una aventura tan ardiente como intrascendente.

—¿Te refieres a alguien en concreto?

Sebastien hizo una mueca.

—Tal vez.

–¿Quién es ella?

–¿Te importaría concentrarte en tus problemas en lugar de en los míos? –preguntó Sebastien, impaciente.

–De manera que esa mujer es el problema, ¿no?

–Totalmente –concedió Sebastien–. Pero no te preocupes. Ya me ocuparé del asunto cuando vuelva a Nueva York.

–¿Te ocuparás del asunto, o de ella?

–De ambas cosas.

–Espero no interrumpir...

Gregorio se volvió como una exhalación al escuchar la voz de Lia, y frunció el ceño oscuramente al ver que tan solo vestía su camiseta roja enorme de pijama, con el brazo en cabestrillo por encima y el pelo totalmente revuelto.

–Soy Sebastien de la Cruz –dijo su hermano educadamente a la vez que se levantaba–. Espero que no te hayamos despertado.

–Lia Fairbanks –contestó Lia con cautela–. Y no, no me habéis despertado. Me he despertado yo sola y he sentido necesidad de tomarme un café.

–Mi hermano mayor está a cargo de la cafetera. ¿Rio? –animó Sebastien al ver que Gregorio no se movía.

Lia no había podido evitar escuchar de nuevo parte de la conversación. Y lo poco que había escuchado le había dejado claro que Gregorio la quería cuanto antes fuera de su suite.

–No estás adecuadamente vestida para recibir visitas –dijo Gregorio, tenso–. Sugiero que vuelvas al dormitorio y te pongas al menos una bata.

Lia frunció el ceño ante el tono de censura que percibió en su voz. Y ante la falta de café.

—No puedo arreglármelas sola —dijo a la vez que miraba su brazo escayolado.

—Yo puedo ayudarte. Excúsanos un momento, Sebastien...

—Por mí no os molestéis —dijo Sebastien—. Opino que estás encantadora tal como estás. Rio ya me ha explicado cómo te has roto el brazo —añadió compasivamente.

Lia hizo una mueca en respuesta al comentario de Sebastien.

—Podría haber sido peor.

—Eso tengo entendido —Sebastien asintió con expresión seria—. Siento que hayas tenido que pasar por algo así.

—La princesa tenía que ser despertada por la rana en algún momento. Así era como me llamaba mi padre —explicó Lia emocionalmente mientras ambos hombres la miraban—. Su princesa.

Una princesa a la que Jacob Fairbanks había tratado de proteger de las ásperas realidades de la vida. Hasta que había muerto a causa de la tensión que le produjo tratar de protegerla hasta el final.

—Te acompaño al dormitorio a ponerte la bata —dijo Gregorio en el silencio que siguió a las palabras de Lia.

Ella lo miró con el ceño fruncido.

—Aún no me he tomado el café.

—Porque yo no te lo he servido. Y no pienso hacerlo hasta que te pongas la bata.

—Estoy perfectamente decente así —protestó Lia. Y

era cierto. La camiseta la cubría desde el cuello hasta un par de centímetros por encima de las rodillas.

–Seré yo quien juzgue eso –murmuró Gregorio.

Lia captó el peligro en su oscura mirada y dio un gritito de protesta cuando Gregorio la tomó por los hombros y le hizo girar en dirección al vestíbulo.

–¡Puedo andar sin ayuda!

–Pues hazlo, pero sigue andando –Gregorio la soltó.

–¿Se puede saber qué te pasa? –preguntó Lia impacientemente cuando salieron al vestíbulo.

Gregorio entrecerró los ojos.

–Has aparecido prácticamente desnuda ante un completo desconocido.

–¡Pero si es tu hermano!

–Y tú lo has conocido hace cinco minutos, lo que lo convierte en un desconocido para ti.

–Prácticamente desnuda habría sido llevar solo la ropa interior –se defendió Lia–. Y no recuerdo que te quejaras la última vez que estuve en tu dormitorio vestida así –añadió, retadora.

Gregorio respiró profundamente antes de contestar.

–No me importaría volver a verte así vestida... mientras estemos solos.

–A Sebastien no parece haberle importado mi vestimenta –dijo Lia burlonamente.

–¡Si lo que pretendes es que me enfade lo estás consiguiendo!

Lia soltó un bufido.

–Está claro que no tengo que esforzarme demasiado para conseguirlo.

–¿A qué tc refieres?

–Da igual –Lia agitó la cabeza antes de encaminarse al dormitorio.

Gregorio la alcanzó de inmediato.

–¿Qué has querido decir con eso?

Una vez en la habitación, Lia se volvió hacia él.

–Es evidente que para ti no soy más que una molestia. ¡Y lo soy aún más desde que tu hermano ha llegado!

Gregorio frunció el ceño sin ocultar su irritación.

–No utilices conmigo ese tono agresivo.

–¿O qué?

–¿Se puede saber qué te pasa esta mañana?

–¡Que te has negado a darme mi primera taza de café del día!

Gregorio volvió a suspirar.

–Te lo daré en cuanto te hayas puesto la bata.

–Y aún estoy esperando a que me ayudes, como has ofrecido tan galantemente.

Gregorio ignoró el sarcasmo mientras la ayudaba a ponerse la bata. Era evidente que Lia quería una buena pelea aquella mañana, pero no pensaba darle la satisfacción.

Lia lo miró burlonamente.

–Tu hermano y tú no os parecéis demasiado, ¿no?

Gregorio se tensó de inmediato.

–¿Te refieres a nuestro aspecto?

–Oh, no me refiero al aspecto... esto está claro –contestó Lia sin más explicaciones–. ¿Cómo es vuestro hermano pequeño?

–Alejandro es... complicado –contestó Gregorio con evidente cautela.

Lia asintió.

—Así que es como tú. Estaba casado ¿no?

Aquello era parte del problema de Alejandro. ¿Pero a qué se habría referido Lia diciendo que él era complicado?

Su vida era un libro abierto. Era un hombre de negocios de éxito. Rico. Soltero. Tenía un saludable apetito sexual, y no trataba de ocultar que no tenía paciencia para la incompetencia o la trivialidad. Ni que se aburría con facilidad.

Algo que nunca le había pasado estando con Lia.

—Estás tardando demasiado en contestar, lo que probablemente significa que no vas a hacerlo —Lia suspiró y lo miró con la cabeza ladeada—. ¿Podemos volver ya a la cocina? El café me está llamando.

Gregorio rio exasperado y la siguió fuera del dormitorio.

—Estás obsesionada con el café.

—Vaya —Sebastien miró burlonamente a su hermano cuando los vio entrar—. Te has ido con el ceño fruncido y vuelves con una sonrisa —se volvió hacia Lia—. Eres milagrosa.

Lia hizo una mueca.

—Gregorio se está riendo de mí, más que conmigo.

Sebastien se encogió de hombros.

—En cualquier caso, una sonrisa es una sonrisa.

—¿Es raro que sonría? —Lia recordaba que Gregorio había reído en bastantes ocasiones estando con ella. Cuando discutían, o cuando habían hecho el amor...

—Yo diría que es bastante raro...

—¿Os importaría dejar de hablar de mí como si no estuviera aquí...? —dijo Gregorio mientras ofrecía a Lia su taza de café.

Pero Lia era muy consciente de su presencia. Ya se había fijado en que Sebastien era tan moreno y atractivo como su hermano mayor, pero además poseía un tipo de encanto del que Gregorio carecía, aunque, observándolo más detenidamente, la aguda inteligencia que reflejaban los ojos de Sebastien daba la impresión de que aquel encanto ocultara algo más profundo, de una naturaleza más oscura. Pero era Gregorio de quién ella se sentía constantemente consciente. Cada minuto. Cada segundo.

Lia decidió concentrarse en su bebida en lugar de contestar el comentario de Gregorio. Cuando el silencio se volvió demasiado tenso, dijo:

—¿De qué estabais hablando cuando he venido?

—De tu exprometido —contestó Sebastien desenfadadamente.

Lia se sobresaltó a pesar de sí misma.

—Preferiría no recordar nada sobre él.

—Lo mismo me sucede a mí —dijo Gregorio con aspereza—. Aunque me encantaría tener noticias suyas. La policía va a venir dentro de una rato para interrogarte —añadió.

Lia lo miró sin ocultar su sorpresa.

—¿La policía? —repitió, tensa.

Gregorio asintió.

—Encontraremos a Richardson y pagará por lo que ha hecho, Lia, pero es mejor que se ocupe de hacerlo la policía. He llamado a la policía a primera hora de la mañana para informar de su agresión.

Lia dejó cuidadosamente la taza en la encimera.

—Deberías haberme consultado antes de llamar.

—¿Por qué?

—¿Cómo que por qué?

—Uh... Si no os importa, creo que voy a tomar una ducha y a dormir un par de horas —dijo Sebastien mientras los miraba. Lia estaba dedicando a Gregorio una mirada iracunda y este parecía totalmente perplejo—. ¡Evidentemente, nadie va a notar que me he ido!

Lia esperó a que Sebastien saliera para seguir hablando.

—No tenías derecho a llamar a la policía sin avisarme antes.

—Tenía todo el derecho. De hecho, debería haberlos llamado anoche, nada más acudir al hospital, pero decidí esperar hasta hoy.

—No eras tú quien debía decidir eso...

—Solo Dios sabe lo que podría haber ocurrido anoche si no hubiera llegado a tiempo a tu apartamento.

Lia era muy consciente de cuánto debía a Gregorio.

—Pero la policía... —murmuró mientras ocupaba una de las banquetas altas de la cocina.

Gregorio frunció el ceño al ver lo pálida que se había puesto.

—¿No comprendes que lo mejor es poner a Richardson en manos de las autoridades? La policía querrá conocer el motivo de su agresión, y yo les daré toda la información que tengo en lo referente a sus desfalcos.

Lia asintió lentamente, consciente de que aquello era lo más razonable que se podía hacer.

Gregorio se había hecho cargo de dos problemas a la vez. Iba a dar a la policía la información que tenía referente a las Industrias Fairbanks y se iba a asegurar de que aquella situación acabara lo antes posibles.

Después, ambos podrían seguir adelante con sus respectivas vidas.

Que también era lo que quería Lia.

¿O no?

Capítulo 13

AGOTADA tras el interrogatorio de la policía, Lia suspiró y descansó la espalda contra el respaldo del sofá. Pero no estaba tan cansada como para no recordar que se suponía que aquella mañana estaba trabajando.

–Tengo que ponerme en contacto con el director para decirle que hoy no voy a trabajar.

–Ya he hablado con él –contestó Gregorio.

–¿Por qué no me sorprende escuchar eso?

–No podía adivinar a qué hora ibas a despertarte esta mañana –replicó Gregorio a la defensiva.

Lia volvió a suspirar.

–Tienes razón. Solo me estaba preguntando qué otra vida habrías dirigido antes de decidir ocuparte de la mía.

–Lia...

–No pasa nada –Lia alzó una mano en señal de derrota–. Lo comprendo.

–¿Qué es lo que comprendes exactamente?

–Que cuanto antes se resuelva esto antes podré salir de tu suite y de tu vida –contestó Lia mientras se levantaba–. Me está doliendo el brazo. Creo que voy a tomar unos analgésicos y luego voy a tratar de dormir un rato –añadió antes de salir.

Gregorio estaba demasiado anonadado por su primer comentario como para haber escuchado el último.

Era evidente que Lia creía que quería librarse de ella cuanto antes... ¿Qué habría hecho para hacerle pensar aquello?

Quería resolver de una vez el asunto de Richardson para asegurarse de que nunca volviera a suceder nada parecido a lo de la noche anterior. También quería limpiar el nombre del padre de Lia. Y lo hacía por ella.

Pero Lia había estado a la defensiva toda la mañana y tratando de buscar pelea. Él lo había achacado a la conmoción que le había causado el ataque de Richardson, pero empezaba a sospechar que había algo más.

Recordó que Sebastien había estado bromeando con él sobre su relación con Lia y él se había puesto a la defensiva. Entre otras cosas, había negado que Lia tuviera ninguna importancia para él y también le había dicho que estaba deseando que la situación se resolviera cuanto antes, de manera que Lia pudiera volver a su apartamento.

Pero no había pretendido decir lo que parecía. Tan solo había tratado de desviar los comentarios excesivamente personales de su hermano.

Tal vez no debería haber dicho aquello. Especialmente en un lugar en el que Lia había tenido la oportunidad de escuchar el comentario...

Gregorio masculló una violenta maldición.

Lo primero que pensó Lia al despertar fue que había algo pesado a su lado en la cama. Entonces recordó que tenía el brazo escayolado.

Pero el peso que sentía era mayor. Más caliente. Más flexible.

Alzó el edredón para mirar.

Se trataba de un brazo.

Una brazo musculoso y desnudo

¡Gregorio estaba en la cama con ella!

Lia estaba segura de que cuando se había dormido estaba sola.

Gregorio debía haber acudido al dormitorio poco después.

Una parte de ella sabía que debía enfadarse por el hecho de que hubiera aprovechado que estaba dormida para meterse en su cama. Pero por otro lado le habría encantado acurrucarse entre sus brazos y volver a dormir un rato.

Tampoco pudo evitar preguntarse si Gregorio tendría el resto del cuerpo tan desnudo como el brazo.

Se cuidó de no despertarlo mientras echaba el trasero hacia atrás hasta que entró en contacto con su entrepierna. No pudo evitar sentirse decepcionada al notar el roce de una tela vaquera contra su piel.

–Si te mueves un poco más hacia abajo comprobarás que estoy totalmente excitado.

Lia se tensó al instante. ¿Habría despertado a Gregorio en su afán por descubrir si estaba desnudo?

Se humedeció los labios antes de hablar.

–¿Qué haces aquí?

–Hasta hace unos minutos estaba durmiendo.

–Me refiero a...

–Ya sé a qué te refieres –Gregorio le hizo mo-

verse dc manera que quedaron mirándose de frente–.
Quería estar aquí cuando despertaras.

–¿Por qué?

–Por dos motivos.

–¿Cuáles?

–Ha llamado Silvio para decir que Raphael y él
habían averiguado que Richardson tenía un vuelo
reservado para Dubái. La policía ya se ha ocupado
de detenerlo.

Lia se estremeció.

–¿Crees que logrará librarse de los cargos que
presenten contra él? A fin de cuentas es abogado.

–Puede que lleve algo de tiempo, pero estoy seguro de que Richardson acabará pagando tanto por
su salvaje agresión como por el desfalco.

Lia respiró temblorosamente.

–No puedo creer que ya haya acabado –murmuró–. Pero has dicho que había dos motivos. ¿Cuál
era el segundo?

Gregorio la miró un momento antes de hablar.

–Creo que has malinterpretado algo que me es-
cuchaste decir esta mañana.

Lia lo miró con cautela.

–¿A qué te refieres?

Gregorio asintió lentamente.

–No... no me siento cómodo con las emociones.

Lia sonrió.

–Ya lo he notado.

–Cuando le he dicho a Sebastien que quería resolver cuanto antes el asunto de Richardson para
que pudieras volver a tu apartamento no me refería
a lo que creo que tú has interpretado.

Lia frunció el ceño, desconcertada.

—No entiendo...

—Yo tampoco lo he entendido hasta que he tratado de comprender por qué estabas tan displicente conmigo –admitió Gregorio–. Pero fuiste tú la que decidió terminar con nuestra... relación.

—¿Te refieres al hecho de acostarnos? Bueno... sí –Lia bajó la mirada–. Creo que estaba enturbiando las cosas. Es lógico que, habiendo conocido a mi padre, sientas cierta responsabilidad hacia mí, pero te aseguro...

—Me siento preocupado por ti, no responsable de ti.

—Oh.

Gregorio asintió.

—Comprendo que hayas podido interpretar así las cosas, pero te aseguro que lo último que siento cuando te veo y te toco es responsabilidad.

—Oh.

Gregorio se irguió sobre un codo.

—Ahora sí empiezas a preocuparme. La Lia Fairbanks que conozco siempre tiene mucho que decir sobre cualquier tema. ¿Y no se te ha ocurrido pensar que yo también podría interpretar tus respuestas hacia mí como gratitud?

Lia abrió los ojos de par en par.

—¿Crees que me acosté contigo por gratitud?

—Lo que creo es que deberíamos empezar a ser sinceros el uno con el otro, de manera que en el futuro podamos evitar estos malos entendidos.

Las únicas palabras que escuchó Lia de aquella frase fueron «en el futuro». Aquello implicaba que había un futuro para ellos. Un futuro como amigos, tal vez, pero aquello era preferible a la responsabilidad o la gratitud.

–De acuerdo. Estoy esperando a que empieces a ser sincero –dijo al cabo de un largo rato de silencio.

Gregorio rio.

–Siempre he sido sincero contigo. Te dije que te deseaba la misma noche que te conocí.

–Y ahora me has tenido.

–Sí.

–Yo... este es el espíritu de la sinceridad, ¿comprendes?

–Comprendo.

–Bueno... Yo... eres solo el segundo hombre con el que he... con el que he estado.

Gregorio alzó las cejas.

–¿Solo el segundo?

Lia asintió.

–Y, en comparación, el primero fue horrible. No es que te esté comparando en ningún sentido con David –añadió rápidamente–. Solo quiero que sepas que nuestra forma de hacer el amor me pareció espectacular. Maravillosa. Especial.

–En honor a la verdad, yo puedo decir que nuestra forma de hacer el amor...

Lia cubrió los labios de Gregorio con un dedo para que dejara de hablar.

–No quiero que me digas que he estado a la altura de la legión de mujeres con las que te has acostado.

–Creo recordar que una legión romana eran cinco

mil soldados y, aunque llevo unos cuantos años activo sexualmente, dudo mucho haber alcanzado esa cifra.

—¡Te estás burlando de mí!

—Solo un poco —reconoció Gregorio con voz ronca—. Y solo porque para mí supone un auténtico honor haber sido tu segundo amante... sobre todo teniendo en cuenta que el primero fue un fracaso. Pero lo que me gustaría de verdad sería ser tu último amante.

—¿Disculpa? —Lia sintió que de pronto se le secaba la boca. ¿A qué se habría referido Gregorio? ¿Le estaba pidiendo...?

No, por supuesto que no. Debía haberle entendido mal.

—Lia... —Gregorio tomó su rostro entre las manos y la miró intensamente—. Preciosa Lia. Para mí también fue espectacular nuestra forma de hacer el amor. Maravillosa y, sobre todo, especial.

—¿De verdad?

—De verdad. Te descé desde el primer momento en que te vi, pero a lo largo de estos días también me he enamorado de ti.

Lia se quedó boquiabierta.

—¿Me... me quieres?

—Te quiero muchísimo. Te adoro —Gregorio se había dado plena cuenta de ello hacía un rato, cuando se había planteado la posibilidad de que Lia fuera a desaparecer de su vida para siempre.

—¿En serio?

—Totalmente en serio. Nunca he creído en el amor a primera vista, pero... —Gregorio se inclinó hacia la mesilla de noche, abrió el cajón y sacó algo de su interior–. Este es el pañuelo que utilicé para limpiar la sangre de mi mejilla el día que me abofeteaste en el funeral.

–¿Lo guardas en tu mesilla de noche?

Gregorio esbozó una sonrisa ligeramente avergonzada.

–Lo guardé aquel día en el cajón y desde entonces sigue allí. No podía soportar la idea de deshacerme de él.

–¿Me quieres?

Gregorio asintió con firmeza.

–Te quiero. En lugar de querer que te vayas, como tú crees, si pudiera te retendría aquí a mi lado para siempre. Pero todo esto es demasiado para ti ahora –suspiró–. Hace pocos meses que perdiste a tu padre y poco después tu prometido te dejó. Necesitas recuperarte. Poner en marcha tu vida. Demostrarte que puedes hacerlo.

–¿Eso lo comprendes?

Gregorio sonrió con calidez.

–No serías la Lia a la que amo si no te sintieras así.

Lia escudriñó su rostro y percibió el amor y el brillo que había en sus ojos, sintió cómo se abría a ella para mostrarle sus emociones.

Alzó una mano y acarició su mejilla con infinita delicadeza.

–Yo también me he enamorado de ti –dijo con claridad y firmeza, deseando que no hubiera más mal entendidos entre ellos–. Te quiero. Te quiero tanto...

Gregorio se sintió como si acabaran de golpearle el pecho, dejándolo sin aliento, mudo. ¿Lia lo quería?

–¿Cómo es posible...? –logró decir finalmente–. No puedes... Tú creías... Me acusaste de....

–Sí. Sí. Sí. Y sí –dijo Lia, emocionada–. Creía todas esas cosas. Y a pesar de todo me enamoré de ti. Porque no eres en absoluto como había imaginado. Eres honorable, sincero, protector. A pesar de cómo me he comportado contigo, siempre has sido amable conmigo. ¿Cómo no iba a enamorarme de ti?

–Dios mío... –Gregorio siguió murmurando en su lengua natal mientras apoyaba el rostro contra la garganta de Lia.

–No tengo ni idea de lo que estás diciendo, pero me da igual porque estoy segura de que es algo precioso –Lia rio feliz mientras lo rodeaba con los brazos por el cuello.

Gregorio alzó el rostro y sus labios quedaron a escasos centímetros de los de ella.

–He dicho que eres maravillosa, que eres mi corazón, mi mundo entero.

–Te quiero, te quiero... –susurró Lia, y avanzó la barbilla para reclamar los labios de Gregorio con los suyos.

–Te dije que ibas a ser mandona en la cama –murmuró Gregorio con indulgencia largo rato después, aún tumbados en la cama, completamente desnudos, él de espaldas, Lia acurrucada contra su costado.

Habían tenido que hacer el amor con especial delicadeza debido a la escayola de Lia, pero no había sido menos maravilloso por ello. Tal vez incluso más, porque se habían tomado tiempo para explorarse y apreciarse minuciosamente. Y no solo había habido placer y pasión, sino también mucho amor.

—Cuando todo esto acabe quiero hacerte una pregunta, Lia.

Lia sintió que el corazón se le subía a la garganta.

—¿Por qué no me la haces ahora?

—Por todo lo que te he dicho antes —Gregorio suspiró—. Quiero estar totalmente seguro cuando me des tu respuesta.

Lia frunció el ceño.

—¿Y qué pasa entretanto? Entre nosotros, quiero decir. ¿Seguimos cada uno nuestro camino y nos vemos dentro de tres meses, por ejemplo, para ver si aún sentimos lo mismo?

—¡No! —Gregorio la abrazó posesivamente—. Claro que no. Nos veremos cada día y compartiremos la cama cada noche —dijo con firmeza.

Lia apenas pudo contener una sonrisa de felicidad.

Gregorio la amaba. Ella lo amaba.

Y si Gregorio llegaba a hacerle o no alguna vez aquella pregunta carecía de importancia, porque no tenía la más mínima duda de que iban a pasar el resto de sus vidas juntos.

Epílogo

ESTÁS preciosa –dijo Cathy emocionada mientras, como dama de honor, ajustaba el velo de Lia ante la entrada de la iglesia.

Era el día más feliz de la vida de Lia. El día en que iba a casarse con Gregorio.

Bajó a mirada hacia el anillo de compromiso que había trasladado momentáneamente a su mano derecha. Un diamante solitario amarillo, como Gregorio dijo que sería. Para Lia era un símbolo de su amor y una promesa de futuro.

–Deja de moverte, Rick –reconvino Cathy a su esposo, que se hallaba al otro lado de Lia, dispuesto a escoltarla al interior de la iglesia para entregársela a Gregorio–. Estás guapísimo –añadió antes de besarlo en los labios.

A Lia le costaba creer que estuviera sucediendo aquello. Seis meses atrás había llegado a estar convencida de que el mundo se hundía a su pies y, de pronto, aquella hecatombe se había convertido en un nuevo comienzo.

Aquel era el primer día del resto de su vida con Gregorio, como su esposa.

–¿Lista? –preguntó Cathy animadamente.

–Oh, sí –confirmó Lia sin sombra de duda.

Aquel era el día de su boda. Un día en el que ambos iban a reafirmar su mutuo amor ante familiares y amigos.

Apoyó la mano en el brazo de Rick antes de dar el primer paso, que era la señal para que los ujieres abrieran las puertas de la iglesia al son de la *Marcha Nupcial.*

Y allí, esperándola ante el altar, estaba Gregorio, en cuyos ojos destellaba un amor que no hacía el más mínimo esfuerzo por ocultar.

Un amor inquebrantable, al que Lia correspondería durante el resto de su vida.

Bianca

«Me perteneces… y no podrás escapar»

LA REINA DEL JEQUE

CAITLIN CREWS

En el desierto, la palabra del jeque Kavian ibn Zayed al Talaas era la ley, así que cuando su prometida lo desafió escapando de él tras la ceremonia de compromiso, Kavian pensó que era intolerable.

Ya había saboreado la dulzura de sus labios y tal vez Amaya necesitaba que le recordase el placer que podía darle…

Cuando por fin la tuvo de vuelta en su reino, Kavian le exigió una rendición total en los baños del harem. Amaya temía que un deseo tan abrasador la convirtiese en una mujer débil, sometida, pero no podía disimular cuánto la excitaba el autoritario jeque.

Kavian necesitaba una reina que lo aceptase todo de él, ¿pero podría Amaya enfrentarse con el oscuro pasado de su prometido y aceptar su destino en el desierto?

Acepte 2 de nuestras mejores novelas de amor GRATIS

¡Y reciba un regalo sorpresa!

Oferta especial de tiempo limitado

Rellene el cupón y envíelo a

Harlequin Reader Service®
3010 Walden Ave.
P.O. Box 1867
Buffalo, N.Y. 14240-1867

¡Sí! Por favor, envíenme 2 novelas de amor de Harlequin (1 Bianca® y 1 Deseo®) gratis, más el regalo sorpresa. Luego remítanme 4 novelas nuevas todos los meses, las cuales recibiré mucho antes de que aparezcan en librerías, y factúrenme al bajo precio de $3,24 cada una, más $0,25 por envío e impuesto de ventas, si corresponde*. Este es el precio total, y es un ahorro de casi el 20% sobre el precio de portada. !Una oferta excelente! Entiendo que el hecho de aceptar estos libros y el regalo no me obliga en forma alguna a la compra de libros adicionales. Y también que puedo devolver cualquier envío y cancelar en cualquier momento. Aún si decido no comprar ningún otro libro de Harlequin, los 2 libros gratis y el regalo sorpresa son míos para siempre.

416 LBN DU7N

Nombre y apellido	(Por favor, letra de molde)

Dirección	Apartamento No.

Ciudad	Estado	Zona postal

Esta oferta se limita a un pedido por hogar y no está disponible para los subscriptores actuales de Deseo® y Bianca®.
*Los términos y precios quedan sujetos a cambios sin aviso previo.
Impuestos de ventas aplican en N.Y.

SPN-03

©2003 Harlequin Enterprises Limited

*Estaba dispuesto a hacer lo posible
por recuperar a su hijo*

TENTACIONES Y SECRETOS

BARBARA DUNLOP

Después del instituto, T.J. Bauer y Sage habían seguido caminos distintos. Un asunto de vida o muerte volvió a reunir al empresario y a la mujer que había mantenido en secreto que tenía un hijo suyo. Pero T.J. no quería ser padre a tiempo parcial. El matrimonio era la única solución… hasta que el deseo reavivado por su esposa, que lo era solo de nombre, cambió radicalmente lo que estaba en juego.

Bianca

No era tan inmune a sus encantos masculinos como fingía ser

DEUDA DEL CORAZÓN

HELEN BROOKS

Toni George necesitaba un trabajo para pagar las deudas de juego que su difunto marido había acumulado en secreto. Con dos gemelas pequeñas que alimentar, no tuvo más remedio que aceptar un trabajo con Steel Landry, un famoso rompecorazones.

Steel se sintió intrigado y algo más que atraído por la bella Toni, aunque sabía que estaba fuera de su alcance...